AF201388

Kein Sex kann's auch nicht sein

Für Janna

KATRIN BISCHOF

Kein Sex kann's auch nicht sein

Bibliografische Information der Deutschen Nationalbibliothek:
Die Deutsche Nationalbibliothek verzeichnet diese Publikation
in der Deutschen Nationalbibliografie; detaillierte bibliografische
Daten sind im Internet über http://dnb.dnb.de abrufbar.

© 2017 Katrin Bischof
Satz, Umschlaggestaltung, Herstellung und Verlag:
BoD – Books on Demand

ISBN: 978-3-7460-1500-2

Inhalt

Ein modernes Dornröschen

Hey mein Prinz,

drei Wochen sind jetzt vergangen seit … na, du weißt schon. Ich glaube, deutlicher muss ich da nicht werden. Könnte ich im Übrigen auch gar nicht. Denn was war das da mit uns, das vor drei Wochen? Einmal, am Tag danach, hast du mich gefragt, ob es mir leidtue. Das war das einzige Mal, dass wir überhaupt darüber geredet haben. Keiner von uns hat den Vorfall danach wieder erwähnt. Aber immer, wenn wir uns über den Weg laufen, muss ich daran denken. Und du auch. Das kann ich dir ansehen.

Über den Weg laufen, das ist wohl die richtige Art, es auszudrücken. Vorher haben wir uns verabredet. Jetzt begegnen wir uns nur noch zufällig, wenn ich Unterricht bei Bianca habe oder mit Ausmisten dran bin. Vorher waren wir dauernd am Chatten; danach hast du den Kommunikationsfluss zu einem spärlichen Rinnsal aus tröpfeln und dann ganz verdorren lassen. Wenn diese unvermeidlichen zufälligen Begegnungen nicht wären, könntest du so tun, als sei nie etwas gewesen. Als gebe es nichts zu bereden. Sogar, als existierte ich gar nicht.

Der »männliche Rückzug«, klarer Fall, die Symptome sind offensichtlich, darüber liest man neuerdings ja überall. Scheint insbesondere im Anbahnungsstadium moderner Beziehungen schon wie selbstverständlich dazuzugehören. Erst läuft alles ganz prächtig, er legt sich ins Zeug, kann gar nicht genug von ihr kriegen, und dann plötzlich … stellt er sich tot. Sie ist natürlich am Boden zerstört, versteht die Welt nicht mehr, will ihn zur Rede stellen … Aus Unwissenheit begangene tödliche Fauxpas, die das zarte Band, das sich zwischen dem Kerl und ihr gebildet hat, wieder verschütten. So der typische Ablauf.

Die Lebenshilfebranche lebt ganz prima von diesem Phänomen. Wenn man »Rückzug« und »Mann« mal googelt, stößt man sofort auf Leitfäden mit Titeln wie »Er hat sich distanziert? Dann befolgen Sie diese drei Schritte«. Liebescoaches verheißen verunsicherten Frauen 95%ige Erfolgsgarantien, wenn sie ihre bewährten Methoden (von manchen auch selbstbewusst als »Glücksrezepte« angepriesen) nur konsequent anwenden. Zu regelrechten »Dompteusen« können sie auf diese Weise werden, die das Raubtier Mann nach ihrer Pfeife tanzen lassen, wie es ihnen gefällt. Der unschöne Umkehrschluss: Wenn es nicht klappt (und er trotz aller Expertentricks keine Anstalten macht, sich wieder anzunähern), ist es einzig und allein ihre Schuld. Nie die der Männer. Nein; die haben sie von sich weggetrieben. Weil sie *bedürftig* gewirkt haben.

Da ist es, das Wort, das auch mich zum Erschauern bringt. Bedürftig. Das ist, als hätte man eine Krankheit. Eine schlimme Krankheit. In etwa das, was früher Aussatz war.

Fast hätte ich mir an diesem Punkt den Ratgeber »Was tue ich, wenn er sich nicht mehr meldet« auch gekauft, erhältlich als E-Book zum einmaligen, zeitlich begrenzten Sonderpreis von nur 35,90 Euro, 163 Seiten, inklusive »Notfallprogramm« mit Scripts für SMS, E-Mails, Chats und Telefongespräche nur 49,90 Euro. Eigentlich vor allem deswegen, um mich nach dem Lesen entweder beruhigt zurücklehnen zu können – alles gut, so schlimm steht es um dich nun doch noch nicht – oder aber, um mich – falls ich tatsächlich zu der niederschmetternden Selbstdiagnose »Bedürftigkeit« kommen sollte – zu exorzieren, sofort, auf der Stelle, sozusagen per Schnellkur. Mein Finger schwebte schon über dem »Jetzt bestellen«-Button. Aber dann habe ich mich ganz energisch zurückgepfiffen. Die Sprüche, mit der dieses Werk beworben wurde, klangen irgendwie dann doch zu sehr nach Reklame für teure Antifaltencreme. Wäre es so einfach, wären wir alle falten-los, oder etwa nicht.

Und außerdem gehöre ich bei näherem Hinsehen auch gar nicht zu der Zielgruppe. Denn das sind ja nun einmal Frauen, die es auf prinzipiell ungebundene Männer abgesehen haben. Während ich eine derjenigen bin, die ... Nun ja, dafür gibt es viele Umschreibungen. Entschuldigende, augenzwinkernde, verniedlichende, verdammende.

Bleiben wir mal bei den Fakten: Du bist mit Bianca zusammen. Ich mag Bianca, sehr sogar. Und was machen wir beide?

Früher hätte ich wohl zu denjenigen gezählt, die bedenklich den moralischen Zeigefinger gehoben und behauptet hätten, dass ihnen so etwas ja niemals passieren könne. Jetzt tendiere ich eher dazu, Entschuldigungen zu suchen. Aber das ist wohl menschlich. Wenn es einem selbst passiert, kommen einem all die Steine, die man auf andere geworfen hat, plötzlich selbst um die Ohren geflogen. Das lässt einen ganz schnell milder in seinem Urteil werden.

Trotzdem, ich frage mich immer noch, wie mir das mit dir passieren konnte. War ich zu wenig auf der Hut?

Anfangs habe ich wirklich überhaupt keinen Verdacht geschöpft. Wir kennen uns, seit ich mit dem Reiten angefangen habe, vor dreieinhalb Jahren. Du warst damals gerade frisch und sehr hässlich geschieden und vor kurzem mit Bianca zusammengekommen.

Attraktiv fand ich dich schon. Sympathisch sowieso. Aber weiter dachte ich da nicht. Du warst liiert. Und damit tabu. Wir waren Freunde, hätte ich gesagt. Punkt und aus. Das wiegt einen in Sicherheit. So dass man nicht merkt, wenn sich etwas ändert. Oder erst, wenn es zu spät ist.

Man muss rechtzeitig die Reißleine ziehen. Auf keinen Fall darf man diesen bestimmten Moment verpassen, die letzte Chance zum Absprung. Ist die Neugier erst einmal erwacht, gibt es kaum noch ein Zurück. Es reißt einen mit.

Mit einem Mal will und muss man alles wissen. Alles.

Auch bei uns waren die Anzeichen da, schon seit Wochen. Alle. Und der Moment, in dem wir noch den Absprung hätten kriegen können, längst verpasst.

Da war dieser plötzliche Berührungshunger. Von einem Tag auf den anderen konntest du nicht mehr hinter oder vor mir durch die Stalltür gehen. Sondern nur noch neben mir. Sehr, sehr dicht neben mir. So dicht, dass sich dein Arm beinahe ganz wie von selbst um meine Hüfte legte; legen musste. Und dann natürlich die Sitzkorrekturen. Früher reichte ein Kommando vom anderen Ende des Reitplatzes aus, wenn ich mal wieder die Schultern hängen ließ oder die Beine hochzog; jetzt schien es dir mit einem Mal effektiver, das betreffende Körperteil (Wade, Oberschenkel zunächst, später dann auch Rücken und, mit nervös zitternden Händen, Hüfte und Bauch) umständlich zurechtzurücken. Wobei du jedes Mal um Erlaubnis fragtest, mit vor Aufregung ganz belegter Stimme. Das war das eigentlich Verräterische daran. Sonst hätte ich mir vielleicht gar nicht allzu viel dabei gedacht.

Das Kaffeetrinken vor der Stunde dauerte von Woche zu Woche länger und wurde auf nach der Stunde ausgeweitet. Geredet haben wir, atemlos, gespannt, als müssten wir binnen einer Stunde alles erfahren, was wir voneinander in dreieinhalb Jahren nicht unbedingt hatten wissen müssen. Regelrecht ausgefragt hast du mich; nichts gab es, was dich nicht interessierte. Warum David und ich nicht verheiratet waren. Ob ich ihn noch sehr vermisste. Und was ich gerne machen würde, wenn ich mal wieder ausgehen könnte.

Fotos von mir wolltest du angucken, auch alte, sogar die Babybilder, die dazwischen lagen, auf denen ich noch zerknautscht und speckig bis zur Unkenntlichkeit war. Spätestens, als du die Videos, in denen ich mich selbst beim Klavierspielen gefilmt habe, sehen wolltest, hätte es bei mir klingeln müssen. Wer schaut sich das schon freiwillig an. Zumal ich in diesen Videos kaum zu sehen bin. Nur zu hören. Genauer gesagt: mein dilettantisches Klavierspiel.

Nein. Ich kann mich nicht mit Unerfahrenheit herausreden.

Ich bin nicht überrumpelt worden. Es war wohl eher so, dass ich nichts merken wollte. Verständlich wäre es ja. Dass man nach drei Jahren einfach zu ausgehungert ist, um noch die Reißleine zu ziehen, wenn sich jemand um einen bemüht, der einem gefällt. Ich habe nicht gelogen, als du fragtest, wann ich mein letztes Date hatte. Vor drei Jahren war das. An dem Abend, bevor David sich mit dem Motorrad totgefahren hat. Seither war nichts. Gar nichts. Ich habe dir angesehen, dass du überrascht warst. Das hattest du nicht erwartet. Drei Jahre kein Date. Und auch kein Sex, hast du verdutzt gefragt. Nein, auch kein Sex. Wie kann das nur sein, las ich in deinem Blick.

Tja, wie? Die ersten zwei Jahre wollte ich nicht und konnte ich nicht. Unvorstellbar, dass da jemand Davids Platz einnehmen sollte, am Tisch, im Bett, wo auch immer. Ich hätte mir damit nur wehgetan. Und diesem anderen Menschen auch.

Das dritte Jahr wollte ich dann schon allmählich wieder. Aber in meiner unmittelbaren Nähe gab es niemanden, der in Frage kam. Auch nicht auf den dritten oder vierten Blick. Und auf die Suche gehen ... Ich hocke seit drei Jahren abends zu Hause und hüte das Kind. Wie die Henne auf den Eiern. Aber selbst wenn ich weg könnte ... Ein paar Mal hätte ich ja die Gelegenheit gehabt, als Antonia bei einer Freundin schlief, aber mir fehlte der Antrieb. Wohin hätte ich gehen sollen? Mich in Bars herumtreiben? Ich sah den Sinn darin nicht. Denn ich war sicher: Den Mann, den ich brauchte, würde ich nicht in einer Bar kennenlernen. Wozu also der ganze Aufwand. Mit Anfang zwanzig, ja, da war das okay, völlig okay sogar, dass man sich aufdonnerte, losging und die Leinen auswarf, um sich ein leckeres Fischlein zu fangen, für den Abend, für die Nacht, vielleicht auch für länger, man würde sehen, so etwas wie eine »langfristige Perspektive« interessierte mich damals noch nicht. Aber jetzt bin ich Mitte vierzig und habe ein Kind. Und alles, was mich interessiert, ist die langfristige Perspektive.

Nein, auch mit Online-Dating habe ich es nicht versucht. Ich weiß, ganz viele schwören darauf, irgendwie kennt jeder irgendjemanden, bei dem das funktioniert hat, aber ich glaube nicht an sowas. Das ist wie eine Ware im Katalog bestellen. Schon diese Parameter, die man festlegen muss. Alter, Gewicht, Größe von bis. Ausbildungsniveau nicht unter. Und in welche Ernährungskategorie falle ich als fünfundneunzigprozentiger Vegetarier eigentlich? Bei dieser Schubladensortiererei verliere ich sofort die Lust. David hatte nie eine Uni von innen gesehen und wäre schon deswegen gnadenlos ausgesiebt worden. Downdating im Internet, das macht man einfach nicht. Wenn schon, denn schon. Ein ähnliches Bildungsniveau ist nun einmal einer der erfolgversprechendsten Faktoren überhaupt. Das ist wissenschaftlich erwiesen. Den möchte ich sehen, der sich von diesem Druck freimacht.

Und letzten Endes geht es doch wieder nur nach dem Äußeren. Man guckt die Bilder an, und wenn die das Beuteschema ansprechen, schaut man weiter. Genau wie damals in der Disko. Visuelles Abchecken, bei Gefallen eine erste unverbindliche Kontaktaufnahme. Der Unterschied ist nur: In der Disko war schnelles Entweichen möglich, unter irgendeinem Vorwand, der es beiden ermöglicht, ihr Gesicht zu wahren, wenn sich beim ersten Drink an der Bar herausstellt, dass es so der Hit doch nicht ist. Bei der Online-Variante hingegen muss man gleich auf ein Date. Ein Blind Date noch dazu. Mit einer Checkliste im Kopf. Für mich das Gegenteil von Unbefangenheit. Wie soll so was funktionieren? Allein der Gedanke daran macht mich klaustrophobisch.

Einmal war ich ganz kurz in so einer Singlebörse angemeldet, zwei Stunden lang oder so. Mein Foto war noch nicht mal freigegeben, da hatte ich schon zehn Interessensbekundungen. Wahrscheinlich, weil ich lange Haare und schlank angegeben hatte. Es ging mir nur um Selbstbestätigung, das war mir nach diesen zwei Stunden klar. Ich wollte wissen, ob es noch Kandidaten geben würde, obwohl ich – wenn man nach den Diskussionen geht, die in einschlägigen Foren geführt werden, vor allem in denjenigen, die sich als »elitär« bezeichnen – nur noch für den hinterletzten

Grabbeltisch tauge. Akademikerin im fünften Lebensjahrzehnt. Und das schlimmste: Alleinerziehend. Kein physisch und psychisch gesunder Mann, schrieb einer der elitären Diskussionsteilnehmer verächtlich, würde je etwas mit einer Alleinerziehenden anfangen. Nichts für ungut, aber so etwas habe er doch gar nicht nötig. Wenn er Kinder wolle, brauche er nur mit dem Finger schnippen, und unverbrauchte Frauen stünden Schlange.

Ich habe mein Profil dann gleich wieder gelöscht. Abgesehen davon, dass ich genug gesehen hatte: An den Bildschirmen da draußen sitzen schließlich Menschen. Die es wahrscheinlich nicht so großartig fänden, dafür missbraucht zu werden, Balsam auf mein Ego zu träufeln.

Ich würde nicht suchen, sondern warten müssen, bis jemand mich fand. Wie früher eben auch. Aber früher hatte es mehr Kandidaten gegeben; ich war da wohl noch nicht so anspruchsvoll gewesen, nicht so wie jetzt, seit David. Jetzt war ich wie Dornröschen in ihrem Schloss. In Schockstarre verfallen, seit dem Moment, in dem die Polizei bei mir vor der Tür gestanden und mir die Nachricht überbracht hatte. Von selbst, so kam es mir vor, würde ich nie mehr aufwachen können. Und ich glaubte schon nicht mehr daran, dass jemand unerschrocken genug sein würde, sich durch die lähmende Verzagtheit zu wühlen, die zwischen mir und der Männerwelt mittlerweile gewachsen war, wie die fatale Hecke im Märchen.

Du wusstest, wie das mit David und mir geendet hatte, und trotzdem hast du dich nicht abschrecken lassen. Du hattest keine Angst vor Vergleichen. Das hat mich zum ersten Mal wieder Hoffnung schöpfen lassen.

Du hattest gesagt, du würdest kommen, wenn irgendwas wäre, auch um drei Uhr nachts. Die Gelegenheit, dich beim Wort zu nehmen, kam ganz von selbst, wenn auch weit weniger dramatisch um halb zwei nachmittags. Ich war die Treppe runtergefallen, ein paar Stufen, und böse gelandet. Es war kein Vorwand, jedenfalls nicht nur. Mir war schon ganz schön schwummerig, als ich dich anrief. Der Schreck vor allem. Und mein Knöchel tat weh, sogar ganz ordentlich. Na ja, sicher, ich hätte mich schon noch selbst hochrappeln können, wenn es um mein Leben gegangen wäre. Aber du hattest in den letzten Wochen immer mal wieder herumgewitzelt: Wetten, dass ich dich einfach so hochheben kann.

Nun durftest du mal.

Ein bisschen malerisch hindrapiert hatte ich mich natürlich, im Rahmen meines Bewegungsradius eben, als du ankamst. Aber ich lag schon platt auf dem Boden. Trotzdem, du konntest es tatsächlich: mich einfach so hochheben. Du schienst selbst ein bisschen verdutzt. Kein Wunder; Bianca ist einen Kopf größer als ich, ziemlich barock gebaut und bestimmt fünfundzwanzig Kilo schwerer. Die hättest du wohl kaum so anlupfen können. Ich kam mir selbst gemein vor, weil ich das dachte. Aber ich konnte nicht anders.

Getragen hast du mich. Dabei hätte es ja gereicht, mich unter den Armen zu fassen, zu stützen und zur nächsten Sitzgelegenheit humpeln zu lassen. Aber nein, du hast darauf bestanden, partout. Und wenn es dir schwer fiel, hast du es dir nicht anmerken lassen. Nicht mal den kleinsten Schnaufer hast du von dir gegeben.

Du hast mich zum Sofa im Wohnzimmer geschleppt und mich auf das Sofa gebettet. Sehr romantisch eigentlich. Das, was danach folgte, war dann aber nicht mehr so märchenprinzmäßig. Sondern nur noch gierig. Prinzessinnenhaft sittsame Gegenwehr kam von mir allerdings auch nicht, keine Spur, da will ich mich nicht besser machen, als ich bin. So war das mit Dornröschen und ihrem Heckenüberwinder damals ganz sicher nicht.

Ich fiel noch einmal, wie überreifes Fallobst, da musstest du den Baum nicht mehr groß schütteln. Ein sanftes Antippen reichte. Vergessen war der lädierte, hühnereigroß angeschwollene Knöchel. Im Nachhinein ist es mir ein bisschen peinlich. Vielleicht war ich zu ungeniert. Und zu laut. Und zu rot im Gesicht. Also nicht gerade sehr anmutig.

Aber wenigstens war nichts davon gespielt.

Ich glaube nicht, dass ich dich jetzt noch anrufen würde. Und wenn ich mir sonstwas gebrochen hätte. Du würdest immer noch kommen, sicher. Aber nur noch widerstrebend. Und ich glaube, jetzt würdest du mich auf einem Bein zum Sofa humpeln lassen. Um dich dann – Pflicht getan – schnellstens zu empfehlen.

Nachdenken müsstest du, hast du gesagt, als du von meinem Sofa aufgestanden warst und deine Zigarette auf der Terrasse rauchen gingst. Aber mir scheint, die einzige, die das macht, bin mal wieder ich. Neulich habe irgendwo diesen Spruch gelesen: Dass Frauen mehr Zeit damit verbringen, darüber herumzugrübeln, was Männer denken könnten, als Männer in ihrem ganzen Leben überhaupt je denken. Damals fand ich das auch witzig, aber im Moment ist mir das Lachen vergangen. Denn ich grübele tatsächlich darüber herum, was du jetzt bloß wollen könntest. Meine Gedanken fahren Endlosrunden, mein armes Hirn ist schon ganz wund davon.

Und du, was machst du? Stürzt dich in die Arbeit. Um eben nicht denken zu müssen. Hast du neulich sogar noch selbst ganz nonchalant grinsend zugegeben. Da hätte ich dich am liebsten angeschrien und geschüttelt. Aber so funktioniert das nun mal nicht. Das lernt man spätestens, wenn man Kinder hat.

Immerhin, du scheinst es nicht darauf anzulegen, einfach die Pferde zu wechseln. Das spricht sehr für dich. Denn wie viele machen ja genau das, wenn der alte Zossen nicht mehr so spritzig läuft. Oft in vollem Galopp. Umso weicher die Landung in diesem Fall für den einen, umso brutaler wird sie für den anderen. Und dann gibt es natürlich noch die besonders abgebrühten Kunstreiter, die eigentlich immer mit beiden Beinen auf jeweils einem Gaul stehen. Aber das, hast du mir versichert, sei nie das gewesen, was du im Sinn hattest. Denn für so etwas sei ich viel zu schade.

Du meintest es auch so; das habe ich dir geglaubt. Aber was in aller Welt hattest du dann im Sinn?

Hattest du bloß Druck? Mal ganz primitiv gesagt? Das wäre bitter, denn das würde alles, was ich jemals über Männer zu wissen glaubte, auf den Kopf stellen. Oder, auch denkbar: Wolltest du nur mal sehen, wie das so ist, ein schlummerndes Dornröschen wachküssen? Dir beweisen, dass du es schaffst? Rein aus sportlichem Ehrgeiz? Wo drei Jahre lang alle anderen in der Hecke hängengeblieben sind?

Oder hast du dir rein gar nichts dabei gedacht? Einfach nur zugegriffen, wie ein Kind, das bei der ersten günstigen Gelegenheit die Keksdose plündert, um die es schon lange mit sehnsüchtigen Augen herumgestrichen ist, und in diesem Moment jeden Gedanken an mögliche Folgen entschlossen beiseiteschiebt?

Bei unserem Treffen vor zehn Tagen – der letzten Reitstunde, zu der wir uns noch mal verabredet hatten – warst du die ganze Zeit über in Habachtstellung. So angespannt warst du, ich hatte fast schon Mitleid mit dir. Ich warf eine kleine Anspielung hin – irgendwas über Tagträume, die mich seit neuestem immer wieder überfielen. Vor vier Wochen noch hättest du den Köder begierig aufgepickt. Jetzt machtest du einen großen, vorsichtigen Bogen darum, als ob ich dir irgendein bei Mondschein aus irgendwelchen zweifelhaften Ingredienzen zusammengemixtes Zauberpülverchen da hereingemischt haben könnte, das deine Gegenwehr ausschalten und dich willenlos machen würde. Nur noch Floskeln kamen von dir, die allerglattesten, an denen ich einfach abprallte. In meiner Ratlosigkeit versuchte ich, die verbale Armlänge Abstand zwischen uns durch eine – ja, ich gebe es zu, ziemlich verzweifelte – physische Annäherung zu überbrücken: Ich legte meine Hand auf deine.

Und du? Du zucktest zurück. Als hättest du aus Versehen den Zaun der Pferdekoppel angefasst, wenn Strom darauf steht.

Ich musste daran denken, dass du vor diesem bewussten Nachmittag deine Hände kaum noch bei dir behalten konntest. Ganz zu schweigen davon, wo du sie überall an diesem bewussten Nachmittag hattest. Entspann dich, Mann, hätte ich dir da am liebsten gesagt. Was glaubst du, was passiert, wenn du meine Hand nimmst? Dass wir dann übereinander herfallen, gleich hier, auf dem Fußboden in der Teeküche? Oder dass dich eine kleine Geste der Zuneigung zu irgendetwas verpflichtet?

Keine Angst. Wir modernen Dornröschen wollen nicht gleich geheiratet werden. Das einzige, was selbst wir nicht wollen, ist, behandelt zu werden wie ein One-Night-Stand, der einem am nächsten Morgen peinlich ist.

Dieses letzte Treffen vor zehn Tagen schmerzt bis heute nach. Darum verstoße ich jetzt gegen ein weiteres Guru-Gebot: Ich schreibe diesen Brief.

Eine Todsünde. Niemals einen Mann mit deinen wahren Gefühlen bedrängen. Vor allem nicht einen, der gerade auf dem Rückzug ist. Darin sind sie sich einig, diese selbsternannten Heilsbringer, es steht in den Klappentexten ihrer Bibeln, als Appetizer, mit dem sie ihre frustrierten, nach Erleuchtung hungernden Jüngerinnen einfangen.

Versuche nicht, Dinge zu klären. Nicht in diesem Stadium. Damit zerstörst du alles und verlierst deine Würde. Sei spielerisch, leicht, gelassen, locker. Zelebriere deine weibliche Kostbarkeit, egal was passiert, und lasse dich niemals von deiner Verlustangst oder deinem Schmerz über das, was er macht oder eben auch nicht macht, irritieren oder gar verletzen. Du stehst da drüber. Notfalls auch monatelang. Nein? Das schaffst du nicht? Es ist auch ganz, ganz schwer. Und manchmal kommen dir auch so gewisse Zweifel, ob sich die ganze Tortur wirklich lohnt. Oder ob er nicht doch einfach nur ein gedankenloser, infantiler Mistkerl ist, ohne den du besser dran wärst. Aber diesen Zweifeln solltest du nicht nachgeben. Er kann ja gar nichts dafür. Der Mann an sich ist nun mal so, er muss diese Unverbindlichkeitsphase durchlaufen, um sich überhaupt ernsthaft verlieben zu können. Und du musst ihn da sanft durchlotsen wie durch eine mit Untiefen gespickte Meerenge. Dein feminines, souveränes Selbst muss dein Kompass sein.

Aber wehe, der versagt. Ein Fehler von dir, und das Boot bekommt Schlagseite oder kentert gleich ganz. Hast du jetzt Angst bekommen? Das solltest du auch, denn diese Angst ist ja so berechtigt. Nur ganz, ganz wenige Frauen sind so talentierte Navigatorinnen, dass sie sich auf ihre Intuition blind verlassen können. Alle anderen brauchen professionelle Instruktion, glaub mir. Auch du. Denn schließlich willst doch nicht du diejenige sein, die dafür verantwortlich ist, dass die Liebe deines Lebens auf Grund läuft! Aber mach dir keine Sorgen. Hier ist dein Rettungsring. Du brauchst nur danach zu greifen. Ein Mausklick, Kreditkartendaten eingeben, Männerbedienungsanleitung herunterladen. Und ihn aus der Hand fressen lassen.

Ich habe genug von diesem Quatsch. Endgültig. Früher hat es ja auch geklappt, oder nicht? Trotz all der vielen Fehler, die wir gemacht haben. Der Mann *und* ich. Und trotzdem haute es irgendwie hin. Ganz ohne Textvorlagen zum Auswendiglernen und sonstige Regieanweisungen. Und niemand wäre auf den Gedanken gekommen, Gedankenlosigkeit und Infantilität mit durch die männliche Bindungspsychologie bedingten »Rückzugsphasen« zu entschuldigen.

Meine Mutter sagte immer: Lauf keinem Mann hinterher, Kind. Das hast du gar nicht nötig. Sei einfach du selbst. Falsch und richtig gibt es nicht. Wenn es sein soll, wird es auch werden.

Danke, Mama. Du sagst es. In gerade mal fünf kurzen Sätzen.

Ich nehme mir jetzt die Freiheit, auf meine eigene, gänzlich ungescriptete Intuition zu hören. Und die sagt: Wenn du in mich verliebt bist, kann ich nichts verkehrt machen. Wenn nicht, auch nicht. Und eines weiß ich genau: Sobald dieser Brief versandt ist, werde ich auch wieder spielerisch, leicht, gelassen und locker sein können. Und nicht nur so tun als ob.

Mein lieber Prinz, mir ist letzten Endes alles recht. Wir können so tun, als wäre nichts gewesen, wenn es das ist, was du willst. Klar, es ist nicht gerade die feine Art, Eskapaden dieser Art mit Freunden abzuziehen. Aber ich würde darüber hinwegkommen. Schließlich habe ich dich ja sozusagen selbst in mein Schloss eingeladen. Wir modernen Dornröschen werden nicht im Schlaf überfallen. Wir können »nein« sagen. Und darum haben wir uns auch nicht zu beschweren, wenn der Prinz sich gleich wieder verdrückt, während wir uns noch den hundertjährigen Schlaf aus den Augen reiben.

Und was, wenn du dich doch fragst, ob ich dir wohl Einlass gewähren würde, wenn du ans Schlosstor klopfen kämst? Ich werde mutig sein und ehrlich antworten. Denn dasselbe verlange ich ja auch gerade von dir, da kann ich jetzt nicht feige herumlavieren. Also klares Statement: Ja. Würde ich. Okay, jetzt ist es raus. Und? Macht dir das die Sache nun leichter oder schwerer? Oder sowohl als auch?

Es ist wie in all diesen Märchen, in denen eine Prinzessin vorkommt. Sofort und bedingungslos kriegt man sie nicht. Erst gilt es, Prüfungen zu bestehen. Bei denen die Bewerber die Ernsthaftigkeit ihrer Absichten unter Beweis stellen müssen. Oft geht es dabei um Leib und Leben. Zauderer bleiben auf der Strecke. Nur die wahrhaft Entschlossenen können die Prinzessin gewinnen.

Wahrhaft entschlossen, das musst du auch sein, sonst wirst du an den Prüfungen, die dich erwarten, scheitern. Und das wiederum kannst du nur sein, wenn du weißt, dass der Preis, den es zu gewinnen gibt, höher ist als der Preis, den du zu zahlen haben würdest. Schau dir dein Dornröschen darum genau an, jetzt, da sie wach ist. Dann wirst du irgendwann schon wissen, ob ihr Reiz nicht vor allem darin lag, dass sie so schön unerreichbar schien. Und selbst dann gibt es noch immer keine Garantie, dass sich all deine Mühen und Strapazen am Ende lohnen werden und du »das Richtige« getan hast. Nicht umsonst enden Märchen ja immer rechtzeitig. Traumhochzeit. Und – Klappe.

Nimm dir alle Zeit, die du brauchst, mein lieber Prinz. Du trägst das höhere Risiko. Denn du müsstest dein Leben, das du nach deiner Scheidung mühsam wieder in Ordnung gebracht hast, noch einmal komplett umkrempeln. Ich verstehe sehr gut, dass das Mut kostet, den man erstmal sammeln muss. Auch die Prinzen sind heutzutage keine unbeschriebenen Blätter mehr wie die Jünglinge der guten alten Märchenzeit, sie haben manche Schlacht geschlagen und auch so ihre Wunden davongetragen, und sie überlegen sehr genau, ob es sich lohnt, noch einmal in den Kampf zu ziehen. Das sehe ich ein. Darum kann ich warten. So gelassen, dass selbst der strengste Beziehungsdoktor nichts mehr zu nörgeln hätte.

Wenn du dich also mit dem Gedanken trägst, zu mir aufs Schloss zu ziehen, schlage ich vor, dass wir jetzt so etwas wie eine offizielle Kennlernphase einläuten. Ganz so mustergültig wie im Lehrbuch wird die nicht mehr sein können. Aber wir sollten uns um Ergebnisoffenheit bemühen. Damit meine ich nicht, dass wir so tun sollten, als sei »nichts passiert«. Das wäre ja unaufrichtig. Und auch unrealistisch. Und ehrlich gesagt: Kleine Signale, die daran erinnern, dass sehr wohl »etwas passiert« ist, und in Aussicht stellen, dass irgendwann auch wieder mehr passieren könnte, würde ich schon zu schätzen wissen. Kompliziert ausgedrückt, ich weiß; ich könnte auch einfach sagen, dass gegen Händchenhalten nichts einzuwenden ist, wenn uns beiden danach ist. Aber ich denke, du verstehst schon, was ich meine. Nichts muss. Aber alles darf.

Mit einer Einschränkung: Aufs Sofa dürfen wir vorerst nicht mehr. Müssen wir aber ja auch gar nicht. Denn dass das bei uns gut passt, haben wir ja nun schon feststellen können. Jetzt sollten wir uns auf alles Übrige konzentrieren. Das schaffen wir, oder?

Und noch eine letzte Sache. Ganz egal, wie deine Entscheidung letztendlich ausfällt – du hast für mich schon jetzt viel mehr getan, als du selbst jemals ahnen könntest. Du hast dich beherzt zu mir durchgeschlagen und mich wachgeküsst, aus diesem Schlaf, von dem ich nicht sicher war, ob er jemals enden würde. Du warst genau das, was ich brauchte. Der rechte Mann am rechten Ort zur rechten Zeit. Allein dafür gebührt dir ein Tapferkeitsorden.

In diesem Sinne: Wir sehen uns … Mit anderen Augen.

Deine Carolina

Spür was Liebe mit uns macht

»Ich komme nach Deutschland, Katja.« Das ist das erste, was Saida hervorsprudelt. Atemlos vor Aufregung. Sie muss neben dem Telefon gewartet und gleich beim ersten Klingeln den Hörer hochgerissen haben. »Vorgestern habe ich die Zusage bekommen.« Ich freue mich für sie, ich freue mich für mich selbst. Aber am stärksten ist das Gefühl der Genugtuung, das mich von Kopf bis Fuß wohlig warm durchrieselt.

»Wo wohnen die Leute?«, frage ich.

»In Dannenberg«, sagt sie. »Weißt du, wo das ist? Ich habe schon auf der Karte nachgeschaut. Das ist ein ganz kleiner Ort, oder?«

Ich weiß, wo Dannenberg ist, in der Tat. Aber auch nur, weil ich früher ein paar Mal mit meinen Großeltern dort in den Ferien war. Es liegt im östlichsten Landkreis von Niedersachsen, in der Nähe der ehemaligen Zonengrenze. Ein strukturschwaches, stark agrarisch geprägtes und sehr dünn besiedeltes Gebiet. Als Drei- und Vierjährige fand ich es toll, an der Elbe am Strand Dämme zu bauen und zu sehen, ob sie den großen Wellen standhielten, die die Boote des DDR-Grenzschutzes machten.

»Schon«, sage ich munter. »Aber es ist nicht so weit von Hamburg entfernt.« »Weit« ist natürlich relativ. »Und es gibt viel Natur da draußen.« Wenn es auch sonst fast nichts gibt. Aber mir scheint, alles muss besser sein als die Tristesse des russischen Kleinstädtchens in der Nähe von Kaliningrad, in dem sie, wie sie mir gesagt hatte, noch den Verstand verlieren würde.

»Ich bin hier lebendig begraben, Katja«, hatte sie unter Tränen beteuert, als ich vor einem halben Jahr noch einmal zu Besuch war. Niemals würde sie eine Arbeit finden, von der sie sich eine eigene Wohnung leisten könne. All die guten Jobs liefen über Beziehungen. Oder Bestechung, zu der ihrer Familie aber das Geld fehle. Sie würde heiraten müssen, möglichst bald. Ihre Mutter beginne schon zu drängen. Mit Mitte zwanzig werde es langsam Zeit, hatte sie gemahnt, sonst sei der Markt leergefegt. Außerdem werde ihr Zimmer zu Hause benötigt, für ihre Oma, die nicht mehr alleine zurechtkomme und bald zu ihnen würde ziehen müssen.

Damals hatte ich Saida versprochen, eine Möglichkeit zu finden, wie sie nach Deutschland kommen könne. Und dann war mir die Idee mit der Au-pair-Stelle gekommen.

Ich habe mein Versprechen gehalten. Anfang August, in sechs Wochen, kann sie anfangen.

»Danke schön, Katja«, flüstert sie in den Hörer. »Ich liebe dich.«

Ich habe eigentlich nicht viel gemacht. Nur diese Vermittlungsorganisation herausgesucht und den Kontakt hergestellt. Den Rest musste sie schon alleine erledigen. Aber man fühlt sich ja doch gut, wenn man die Macht hat, Dinge einzufädeln. Wichtig. Überlegen. Auch wenn es einen nur zwanzig Minuten Zeit kostet, um zu googeln.

»Schon am ersten Wochenende gleich weg?«

Ronald, Saidas Gastvater, weiß offensichtlich von nichts, als ich am Samstagmittag auf der Matte stehe und Saida abholen will.

Saida schaut verlegen zu Boden. Sie reibt den rechten Fuß an der Wade des linken Beins.

»Ein Missverständnis«, sage ich zu Ronald. »Was machen wir denn jetzt?«

Er schaut verdattert und kratzt sich am Kinn, das mit wolligem, braunem Vollbart bedeckt ist. »Na ja, wir wollten einen kleinen Umtrunk veranstalten, mit den Leuten vom Nachbarhof, damit du dich ein bisschen bekannt machen kannst. Aber ist ja kein Drama. Sonja?« Er ruft über den Hof in Richtung Hauseingang. »Kommst du mal eben?«

Sonja, seine Frau, tritt neben ihn. Sie hat rote Wangen, einen unordentlich geflochtenen, aschblonden Zopf und ist ausladend schwanger. »Geh ruhig, Saida«, sagt sie und lächelt breit. »Ihr habt euch lange nicht mehr gesehen. Das verstehen wir doch. Amüsier dich gut.«

Im Auto fällt Saida mir kichernd in die Arme. Sie strahlt. Ihr Haar ist immer noch kurz und sehr elegant geschnitten. Wie ein glänzender, schwarzer Helm liegt es um ihren Kopf. Die Frisur betont ihren schmalen Nacken und lässt ihren Hals noch länger und biegsamer wirken. Sie muss bei einem Meisterfriseur gewesen sein.

»Und, sind die Leute nett?«, will ich wissen.

»Sehr. Sie haben viel Arbeit ... Mit dem Hof. Und einen drei-jährigen Jungen, Magnus heißt er. Ein süßes Kind. Ich glaube wirklich, sie brauchen mich.« Sie wischt sich ein Tränchen aus dem Augenwinkel. »Jetzt bin ich schon zwei Tage hier, aber ich kann es noch immer nicht glauben. Es ist wie ein Traum. Danke, Katja, danke dir nochmals. Zu Hause wäre ich gestorben.«

Ich lächele. »Aber warum wussten sie nicht, dass ich dich ab-holen komme? Du sagtest doch, du hättest das abgesprochen.«

Sie zögert. »Ich habe mich nicht getraut. Ich hatte Angst, sie sagen nein. Und ich wollte doch so gerne.« Sie setzt hinzu: »Ich dachte, du könntest das viel besser. Mit ihnen reden, meine ich.«

»Ach so«, sage ich.

»Aber ist doch jetzt auch egal, oder?« Sie schaut mich erwar-tungshungrig an. Sie erinnert mich an einen schillernden Kolibri, der an der Tür seines Käfigs herumpickt, damit ich ihn heraus-lasse. »Und, was machen wir? Erzähl, schnell.«

»Wir fahren nach Hamburg«, sage ich. »Und heute Abend machen wir so richtig Party. Worauf du Lust hast. Mein Bruder kommt auch mit.«

»Dein Bruder«, wiederholt sie. »Wie heißt er?«

»Jochen.«

»Jochen«, wiederholt sie. »Nett. Sieht er dir ähnlich?«

»Ein bisschen«, antworte ich. »Warum?«

Ihre Wimpern über den hellgrauen Augen flattern. »Ach, nur so.«

»Nun erzähl mal«, sage ich zu Jochen, als Saida mal eben auf dem Klo verschwunden ist. »Wie läuft es denn so mit euch?«

Er grinst. »Ach ja, du, ist alles ganz nett. Süß, lieb, witzig und sexy, die Kleine. Genau mein Beuteschema. Hast du gewusst, was?«

Nein, habe ich nicht. Ich hatte keine Hintergedanken, als ich ihn vor vier Wochen mit Saida bekanntgemacht habe.

»Also ganz happy?«

»Wann ist man schon mal ganz happy?« Er zögert. Kurz. »Sag mal … Hat sie dir mal was von einem gewissen Mike erzählt?«

»Nein. Wer soll das sein?«

»Ach, so'n Typ.«

»Aha. So'n Typ also.«

»Ein Kumpel von ihrem Gastvater. Wohnt in Bochum. Vor zwei Wochen war der zu Besuch.«

»Bei Saida?«

»Nein, bei Ronald natürlich.«

»Ja und?«

»Und letztes Wochenende schon wieder.«

Ich kapiere es immer noch nicht. »Ja *und*?«

»Der hängt da rum. Verstehst du? Schleimt sich bei ihr ein.«

»Meinst du?« Ich starre ihn ungläubig an.

»Guck dir mal ihre Ohrringe an.« Er wirft einen Blick über seine Schulter; Saida kommt auf uns zu. »Die sind von diesem Mike. Geschenk. Kapierst du's jetzt?«

Saida legt von hinten die Arme um meinen auf dem Barhocker sitzenden Bruder und bringt ihn ein bisschen ins Kippeln. »Habt ihr etwa über mich geredet?«, säuselt sie und schlängelt sich auf seinen Schoß. Jochen drückt sie an sich. Er ist sichtbar verliebt.

Ich schaue unauffällig nach ihren Ohrringen. Es sind kleine, goldene Creolen mit Steinchenbesatz. Ich verstehe nicht viel von Schmuck, aber sie sehen edel aus. Schlicht. Echt womöglich.

Wir gehen auf die Tanzfläche. Jochen und Michael, mein Freund, trollen sich lieber an die Bar, noch ein Bier holen. »Warum haben Männer eigentlich nie Lust zum Tanzen?«, schreit Saida in mein Ohr.

»Nie stimmt nicht«, schreie ich zurück. »Wenn sie besoffen sind, tanzen sie schon. Aber wie.«

Saida giggelt prustend los. »Ach, wir brauchen die nicht«, ruft sie und nimmt mich beim Handgelenk. »Los, Katja, jetzt tanzen wir! Wie früher!«

Die Bässe von Chers »Believe« donnern über die Tanzfläche, die sich schlagartig füllt. Es könnte so sein wie auf den improvisierten russischen Partys, die wir immer gefeiert haben. Wild, fröhlich und ausgelassen. Ich gebe mir alle Mühe, um die Stimmung von früher wieder aufleben zu lassen. Aber ich bin nicht bei der Sache. Ich kann die ganze Zeit an nichts anderes als an diese verflixten goldenen Creolen denken.

»Hübsche Ohrringe hast du«, fange ich an, als wir von der Tanzfläche gehen. »Sind die neu?«

»Ach die.« Sie zupft an ihren Ohrläppchen herum. »Ja, die sind neu.«

Ich warte, aber mehr will sie offensichtlich nicht sagen. »Jochen sagt, du hast sie geschenkt bekommen«, sage ich deshalb.

Sie nickt. »Von einem Bekannten.«

»Ein Bekannter?« Ich zwinge ihren Blick auf meine Augenhöhe, aber sie weicht aus. Sie holt eine Zigarette hervor, steckt sie an, hüstelt, wedelt den Rauch beiseite.

»Das ist ein ziemlich teures Geschenk«, sage ich. »Du solltest dir gut überlegen, ob du solche Geschenke annimmst. Du könntest dich zu etwas verpflichtet fühlen.«

Sie winkt ab; vielleicht täusche ich mich, aber es liegt eine Spur Ungehaltenheit darin. »In Russland nicht, Katja.«

»Aber wir sind hier nicht in Russland.« Mein Mund ist trocken. Ich mag es nicht, so mit ihr zu reden; es klingt so belehrend. Wie interkulturelle Nachhilfe für Erstsemester, besten Dank. Und helfen wird es höchstwahrscheinlich auch nichts. »Jochen mag dich wirklich, weißt du. Es kränkt ihn, wenn du Geschenke von anderen Männern annimmst.«

»Er hat keinen Grund, gekränkt zu sein.« Sie wirft den Kopf zurück und drückt ihre Zigarette aus, mit zwei, drei schnellen Bewegungen. »Ich meine, ich würde ihm doch nichts davon erzählen, wenn da etwas wäre, oder?« Sie legt die Fingerspitzen aneinander und lächelt. »Sag mal – was hast du eigentlich damals mit meinem Bruder gehabt, Katja? Als du das erste Mal bei uns warst, meine ich. Du weißt schon.«

Ich überlege kurz, ob ich so tun soll, als wüsste ich nicht, wovon sie redet, aber im Grunde sehe ich keine Veranlassung zu lügen. Es ist drei Jahre her, und niemand ist dabei zu Schaden gekommen. »Alles«, sage ich.

»Siehst du?« Sie legt den Kopf schief, und jetzt ist die Herausforderung in ihrem Blick nicht mehr zu übersehen. »Nur wer ein schlechtes Gewissen hat, schweigt.«

»Ein kleines sexy Biest, deine russische Freundin«, sagt Michael, später, als wir schlafen gehen. »Sind alle Russinnen so?«

»Wie, so?«, frage ich.

»So – männergeil.«

»Was meinst du?« Ich bin pikiert.

»Sie hat diesen gewissen Blick.«

»Diesen gewissen Blick?«

»Also, wenn du andere Männer so angucken würdest ...« Er hebt den Zeigefinger und bewegt ihn warnend hin und her. »Dein Bruder tut mir ein bisschen leid.«

»Russinnen wollen nun mal gerne gefallen«, sage ich. »Das ist so eine Art Reflex bei ihnen. Von klein auf antrainiert. Ohne Mann überlebt man als Frau in Russland nicht.« Ich gehe ein wenig in

Verteidigungsstellung. »Ich dachte, es gefällt euch Typen, von hübschen Frauen angehimmelt zu werden.«

»Nicht, wenn es so unspezifisch ist.«

Ich denke daran, was Saida über Michael gesagt hat. Ein lieber, hat sie gesagt, in einem Ton, als redete sie über ein zahmes Kaninchen. Den hast du sicher. Na ja, wenn dir das reicht.

»Ich glaube, du bildest dir da was ein«, sage ich trotzig.

»Und ich glaube, du bist ein bisschen verliebt in deine Freundin«, neckt er mich. »So, wie du dich für sie ins Zeug legst.« Er klopft auf den freien Platz neben sich im Bett. »Na, was ist? Plädoyer beendet?«

Vier Wochen später klingelt das Telefon. Freitagabend um halb zehn. Jochen. Ungewöhnliche Zeit für ihn.

»Und, hat Saida frei dieses Wochenende?«, frage ich ihn nach ein bisschen Smalltalk.

»Das ist es ja gerade.« Er gibt sich Mühe, einen lockeren Ton zu bewahren, aber ich weiß sofort, das ist der Grund, warum er angerufen hat. »Ich weiß es nicht. Sie wollte sich melden und Bescheid sagen.«

»Und?«

»Nichts gehört.«

»Hast du bei ihr angerufen?«

»Nein.« Er klingt jetzt wirklich niedergeschlagen. »Ich wollte erst dich fragen.«

»Soll ich sie mal anrufen?«

Ronald ist am Apparat. »Saida? Nein, die ist nicht da. Mit Mike übers Wochenende nach Berlin gefahren. Ist es dringend? Soll ich dir seine Handynummer gegeben?«

»Nein, danke«, sage ich. »Nicht nötig.« Ich bin verwirrt. Und zum allerersten Mal wütend auf Saida. Warum muss sie sich so aufführen. So verdammt russisch.

Was sage ich Jochen jetzt bloß, denke ich.

»Es tut mir leid, dass ich damals einfach mit Mike nach Berlin gefahren bin«, sagt Saida. »Ich dachte nicht, dass Jochen es so schwer nehmen würde.«

Es ist Mitte Mai. Ich bin bei ihr zu Besuch in Bochum. Sie wohnt seit Anfang des Jahres bei Mike.

Ich habe mich entschlossen, über die Sache mit Jochen hinwegzusehen. Schließlich ist es ihre Sache, wie sie mit den Typen umgeht. Wenn Jochen nicht zufällig mein Bruder wäre, hätte ich ja auch kein großes Ding daraus gemacht. Und auch, dass Ronald und Sonja stinksauer auf sie waren, weil sie auf und davon ging, kaum, dass das Baby da war, geht mich im Grunde nichts an.

Saidas Haar reicht ihr inzwischen bis übers Kinn. Es steht ihr nicht, finde ich. Es macht sie gewöhnlich. Aus dem grazilen Kolibri ist eine plumpe, braune Amsel geworden.

»Lässt du dir das Haar jetzt wachsen?«, frage ich.

Sie nickt. »Mike sagt, eine richtige Frau muss langes Haar haben. Mindestens schulterlang.«

Sie raucht viel mehr als früher, eine nach der anderen. Und dünner ist sie geworden. Ich frage mich, ob Mike auch auf dünner steht. Und ob sie deswegen so viel raucht. Um dünner zu werden.

Ich bin Freitagabend mit dem Zug nach Bochum gekommen. Mike war auf Nachtschicht im Stahlwerk. Wir haben uns Pelmeni gemacht. Saida hatte Lust auf Essen, das sie an zu Hause erinnert, und meinte, das sei eine gute Gelegenheit; Mike brauche sie mit russischer Küche ja nicht zu kommen. Dazu haben wir uns eine Flasche Wodka vom Kiosk geholt. Weggehen können wir nicht. Saida darf Mikes BMW nur fahren, wenn Mike neben ihr sitzt.

Gegen Mitternacht fängt sie an zu heulen. Wodka auf blankliegende Nerven. Das kann nicht gut gehen.

»In drei Monaten läuft mein Visum ab«, schluchzt sie. »Dann muss ich zurück. Aber ich will nicht, Katja. Ich kann nicht. Ich kann da nicht mehr leben.«

Ich frage, ob sie nicht einen Job finden könne. Oder noch einmal studieren, hier in Deutschland. Sie schüttelt den Kopf. Arbeiten dürfe sie nicht, und studieren … Die Chancen seien gering. Außerdem halte Mike nichts davon.

»Das dauert viel zu lange«, sagt sie. »Ich will ihm ja auch nicht die ganze Zeit auf der Tasche liegen. Er hat schon genug Schulden. Und wer weiß, ob ich hier in Bochum einen Studienplatz kriegen würde. Woanders kommt sowieso nicht in Frage, das würde Mike nicht mitmachen.« Sie streicht sich eine Haarsträhne hinters Ohr und sieht plötzlich störrisch aus wie eine alte Eule. Ich frage mich, warum ich sie die ganze Zeit mit irgendwelchen Vögeln vergleiche. »Und außerdem möchte ich eigentlich auch sowieso am liebsten heiraten und Kinder.«

»Und, er auch?«, frage ich.

»Im Grunde schon.« Sie gießt sich noch einmal Wodka nach. »Heiraten auf jeden Fall. Kinder … Da hat er Bedenken. Weil er ja schon zwei hat, für die er zahlen muss.« Sie schraubt die leere Wodkaflasche zu. »Die müssen wir noch verschwinden lassen, bevor wir ins Bett gehen. Mike …«

»Lass mich raten«, falle ich ihr ins Wort. »Er mag es nicht, wenn Frauen trinken.« Ich lege ihr die Hand auf den Arm. »Das mit dem Heiraten, bist du dir da sicher?«

»Wenn er fragt, werde ich nicht nein sagen«, sagt sie in einem Ton, der keinen Widerspruch duldet. Trotzdem lasse ich noch nicht locker.

»Weißt du, warum seine Frau bei ihm weg ist?«, werfe ich ein.

Sie macht eine abschätzige Handbewegung. »Sie verstand sich nicht mit seiner Mutter. Die wohnt ja unten, im Erdgeschoss. Das passte ihr nicht.«

»Das würde mir auch nicht passen«, sage ich.

»In Russland ist es ganz normal, dass man mit den Schwiegereltern unter einem Dach lebt. Nicht im Stockwerk darüber. Sondern in derselben Wohnung. Und niemand hat da ein Zimmer ganz für sich.« Sie lächelt. »Wir Russinnen sind da wohl anpassungsfähiger.«

»Aber du kennst ihn doch noch kaum. Die paar Monate … Was ist das schon.«

»Ach komm«, sagt sie ungeduldig, »was soll schon passieren. Er ist verrückt nach mir. Und wenn ich erstmal schwanger bin ... Nun guck mal nicht so schockiert. Ich nehm schon noch die Pille. Nur vergesse ich sie halt manchmal.«

Mike kommt von der Nachtschicht, als wir gerade den Frühstückstisch decken. Wir mustern uns kurz und mögen uns auf Anhieb nicht. Ich finde, dass er mit seinen Ende dreißig zu alt aussieht für Saida, zu gebeutelt, zu abgefuckt mit seiner grauen Raucherhaut, dem schütter werdenden, farblosen Haar und den sich deutlich abzeichnenden Tränensäcken.

»So, du bist also die, die bei Saida in Russland war«, sagt er. Ich nicke. »Bist du verheiratet?« Ich schüttele den Kopf. Er fragt nichts weiter. Mehr muss er wohl nicht wissen.

»Willst du noch eben mit uns frühstücken?«, fragt Saida ihn.

»Nee. Ich hau mich hin.« Auch Mike raucht ständig; er sitzt da, übernächtigt, und zieht an seiner selbstgedrehten Kippe, die wie festgeklebt an seinen Lippen hängt und beim Sprechen auf- und abwippt. »Heute Abend kommen Andi und Susanne. Wir grillen. Muttern auch.«

»Soll ich einkaufen gehen?«

»Das Fleisch besorge ich nachher. Getränke auch. Mach du mal einen Salat. Aber keinen mit Rote Beete oder so komischem Zeug, da krieg ich Ausschlag von. Nudelsalat ist gut. Ohne Paprika. Frag mal meine Mutter, wie sie den immer macht.«

Gegen sieben versammeln wir uns im Hinterhof zum Grillen. Mikes Mutter schiebt sich mit ihrem Rollator bis an den Campingtisch und lässt sich ächzend in den für sie aufgestellten Sessel fallen. Sie ist verwitwet, noch nicht richtig alt, vielleicht fünfundsechzig, aber man hat das Gefühl, dass sie sich bereits im Vorstadium der Verwesung befindet. Sie quillt auseinander wie ein aufgehender Kuchenteig, den man in ein geblümtes Kleid gepresst hat. Alles an ihr bildet Wülste, an den absurdesten Stellen, zwängt sich hervor und will mehr Raum einnehmen, als vorhanden ist. Ihre Knöchel sind elefantendick angeschwollen. Ich zwinge mich wegzusehen. Sie hat ein schwaches Herz, hat Saida mir erzählt, und Zucker. Andi und Mike schleppen die Bierkästen ran. Andi schwitzt stark, sogar sein Brusthaar kräuselt sich schon, das Muskelshirt gewährt da interessante Einblicke. Sein Bauch hängt für meinen Geschmack etwas zu sehr über den Bund seiner Dreiviertel-Jogginghose. Er trägt Badelatschen, was sonst. Goldkettchen? Ja, hat er auch. Verdammt. Ansonsten ist er so der kommunikative Typ, der wahrscheinlich zu viel trinkt und dann etwas zu jovial wird. Susanne ist fitnessgestählt, solariengebräunt, nagelstudiomanikürt, platinblondgesträhnt und schulterblatttätowiert. Recht attraktiv, wenn man auf diese Art der Körperkultur steht, bei der die Ambition dahin geht, möglichst künstlich auszusehen. Mir ist klar, dass ich mich hinter dieser arroganten Checkliste verschanze, die ich im Kopf habe. Vielleicht sind es ja doch nette Menschen.

Und mitten dazwischen Saida. Sie trägt einen bis knapp über die Knie reichenden schwarzen Rock, eine weiße, ärmellose Bluse und Ballerinaschühchen. Fehlt nur noch das Schürzchen, und sie sähe aus wie eine Hausangestellte. Ich kann das nicht leiden, dieses falsche Mädchenhafte. Das ist einfach nicht meine Saida.

Mike und Andi verziehen sich mit einer Flasche Bier an den Grill. Mikes Mutter kriegt die erste fettglänzende Bratwurst.

»Lass es dir schmecken, Muttern.« Er klopft ihr auf die Schulter und stellt den Pappteller vor ihr ab. »Ketchup?« Aus der Flasche kommt nur noch ein kleines Häufchen gesputtert. »Saida holt noch mal eben eine neue Flasche.«

»Ach ja«, sagt Mikes Mutter, als Saida auf dem Weg in die Küche ist, »ein gutes Mädchen, das ist sie. Für Mike war das alles schwer genug, dieses ganze Theater mit Sandra. Er verdient das. Ein gutes, liebes Ding, das ihn versteht. Nach allem, was er durchgemacht hat.«

Sie lächelt mich an, als sei sie sich sicher, dass ich einer Meinung mit ihr bin. Ihre Zähne haben denselben gelblichen Ton wie ihre gefärbten, dauergewellten Haare. Ich lächele zurück. Was soll ich auch sonst machen.

»Apropos, was ist jetzt eigentlich mit Sandra?«, fragt Susanne Mikes Mutter. »Rückt sie die Kinder denn nun mal raus?«

»Freiwillig nicht«, sagt Mikes Mutter. »Stellt sich quer, wo sie nur kann. Dieses Biest. Immer ist irgendwas. Mal hat er angeblich ein Alkoholproblem, dann gibt er ihnen nichts Vernünftiges zu essen, treibt sich nachts rum und lässt sie allein, ach, was nicht alles.« Saida tritt dazu, stellt die Ketchupflasche auf den Tisch und setzt sich neben Mikes Mutter. Die tätschelt ihre Hand. »Ich bin froh, dass wir dich haben«, sagt sie zu Saida, und ihre Augen werden ein wenig feucht. »Nicht wahr, du wirst uns nicht im Stich lassen. Aber hast es ja auch gut hier. Ich mein, nach all dem, was du von Russland so erzählt hast … Muss ja furchtbar sein.«

Ich sehe vor meinem inneren Auge, wie Saida Mikes Mutter ins Bett wuchtet. Ihr ein Lätzchen umbindet und sie mit Püriertem füttert. Ihr den Hintern anlupft und ihr eine monströs große Windel unterschiebt.

Mein Herz sackt abwärts wie ein Fahrstuhl ins Leere.

Saida lächelt.

Um zehn geht Mikes Mutter zu Bett. Das würde ich auch, zu gerne sogar. Aber diese Party fängt jetzt erst richtig an.

Das Schlachtfeld verlagert sich Richtung Hollywoodschaukel. Zum Glück haben darauf nur vier Personen Platz.

»Los, Musik!«, kichert Susanne, die ganz schön Schlagseite hat. Sie lässt sich in die Hollywoodschaukel fallen, dass die Polster krachen. Andi schaltet die Discokugel ein und macht sich an der Musikanlage zu schaffen. Susanne wühlt in der Kiste mit den CDs. »Hier, leg die mal ein, die ist total hammer.« Deutsche Fetenkracher, steht in neonpinken Buchstaben auf dem Cover. Das verheißt nichts Gutes. Und richtig: Die dünne Ein-Oktaven-Stimme von

Andrea Berg eröffnet den Horrorreigen. Andi dreht die Lautstärke abrupt hoch. »Ich würd es wieder tun mit dir, heute Nacht«, grölt er und quetscht sich neben Susanne. Die Schaukel fängt wild zu schwingen an. »Komm, lass uns schwofen, schwoooo-fen, Baby«, juchzt er voller Bierseligkeit und stößt sie mit der Schulter an. Susanne quietscht und verschüttet Bier über ihre Knie. Mike macht einen Schritt zu uns herüber und nimmt Saida um die Taille. »Na komm mal bei uns sitzen, mein Mädchen«, sagt er. »Dir ist ja ganz kalt. Ich wärm dich.« Saida lässt sich von ihm mitführen. Wegführen. Abführen. Ich rühre mich nicht vom Fleck. »Du auch!«, ruft Andi mir zu. »Ist doch viel gemütlicher hier. Korn jemand?« Ich nähere mich ein paar Schritte und setze mich in den Gartenstuhl gegenüber der Hollywoodschaukel. Auf Beobachterposten.

Sie stoßen an, die Schnapsgläser klicken aneinander. Andi greift nach der Fernbedienung, zappt drei, vier Titel weiter. Dann endlich hat er das, was er wollte: Die Oberterroristin der deutschen Schlagerbrigade, Helene Fischer. »A-tem-los. Durch die Nacht …« Andi und Susanne schmettern ungeniert mit. Mike hat seinen Ellbogen auf Saidas Schultern abgelegt, er zieht sie mit einem Ruck auf seinen Schoß und beginnt heftig zu knutschen. Gleichzeitig langt er nach Susanne, die auf seiner anderen Seite sitzt. Die ziert sich, wehrt ihn kichernd ab, aber das ist reiner Scheinwiderstand, der ihn nur noch ein bisschen mehr aufstacheln soll. Bei »Dei-ne Au-gen zieh'n mich aus« liegt ihr Kopf auf Mikes Schulter und seine Hand auf ihrem Oberschenkel.

Ich stehe auf. Zeit, den Rückzug anzutreten, bevor die Gemengelage unübersichtlich wird. »Gute Nacht allerseits«, sage ich in die Runde.

»Bleib doch hier, Katja«, sagt Saida auf Russisch.

Ich schüttele den Kopf. »Ich gehe«, antworte ich. Auch auf Russisch. »Ich glaube, ich habe genug gesehen.«

»Hey, was soll das Kanakisch?«, fährt Mike Saida an. »Du weißt, dass ich das nicht leiden kann.«

»Ich gehe«, wiederhole ich, ohne ihn zu beachten. »Wenn es dir nicht gefällt, was hier abgeht, dann kommt mit mir mit, Saida. Jetzt.« Sie zögert. Mike hat sie losgelassen. Er starrt sie an. Sie senkt den Blick. Die anderen beiden gucken betreten vor sich hin; Susanne ist etwas von Mike abgerückt und hat die Arme vor der Brust verschränkt, Andi fummelt am Korken seiner Bierflasche herum und zieht an seinem Kinn. Die Discokugel taucht die Gesichter in grünes Licht, schaltet dann auf Lila um und schießt einen Lichtfunkenregen ab. Sekundenlang herrscht angespanntes Schweigen. Nur Helene Fischer trällert im Hintergrund unbeirrt weiter. »Spür was Liebe mit uns macht.«

»Mach dir keine Sorgen, Katja«, sagt Saida dann. »Ich komm zurecht. Alles gut.«

Ich habe nicht auf Saida gewartet, aber ich schlafe noch nicht, als sie zu mir kommt, kurz nach Mitternacht.

»Brrr. Mir ist so kalt«, flüstert sie. »Darf ich zu dir ins Bett?«

Sie kuschelt sich zu mir unter die Decke und legt den Kopf in meine Schulterbeuge. Wie früher auch schon oft.

»Warum schläfst du nicht bei Mike?«, frage ich.

»Ich hab mich weggeschlichen.« Sie schnieft, ein-, zweimal. Ich kann ihr Gesicht im Dunkeln nicht sehen.

»Hast du geweint?«

»Wir hatten Streit.«

»Was war das da vorhin?«

»Ach ...« Sie will nicht recht raus mit der Sprache. »Weißt du, Andi und Susanne sind Swinger. Sie machen manchmal Paartausch.«

»Ich weiß, was Swinger machen, Saida.«

»Und Mike meinte ... vielleicht ... wäre das ja auch was für mich.«

Ich zwinge mich zur Ruhe. »Und? Ist es was für dich?«

Sie antwortet nicht. Sie liegt nur ganz still da. Dann sagt sie: »Manchmal glaube, dass ich ihm hörig bin.«

»Mensch Saida«, sage ich. »Komm mit mir nach Hamburg. Du kannst doch bei mir wohnen, bis wir eine Lösung gefunden haben.«

»Ich kann nicht«, haucht sie.

»Warum nicht?«

Sie schlingt plötzlich den Arm um meinen Nacken, hebt den Oberkörper an und küsst mich, voll auf den Mund, mit der Kühnheit der Verzweiflung. Es kommt völlig unerwartet. Und doch auch wieder nicht. Ich hätte es längst sehen können.

»Es tut mir leid, Katja«, murmelt Saida. Sie hat sich von mir weggedreht und liegt jetzt mit dem Rücken zu mir. »Ich bin nicht so stark wie du. Ich brauche jemanden, der mich rettet. Und leider kannst das nicht du sein.«

Es ist Anfang August, als ich sie wieder anrufe. Fast drei Monate lang haben wir nach diesem Wochenende nichts voneinander gehört.

»Krause«, meldet sie sich am Telefon.

»Ich bin es, Saida«, sage ich.

Eine Sekunde herrscht Stille am anderen Ende. »Oh, Katja«, sagt sie dann, in einem Ton, der für mein Empfinden kühl klingt. »Ich habe gerade einen Russischschüler hier. Kannst du so in einer halben Stunde noch einmal anrufen?«

In meinen Ohren rauscht es. Krause. Saida Krause. Sie hat es wirklich getan. Diesen Proleten geheiratet. Statt sich von mir helfen zu lassen.

»Nein«, sage ich. Mein Schmerz ballt sich zu einem Feuerball in meinem Kopf zusammen und explodiert. »Ich werde nicht zurückrufen, Saida. Nicht in einer halben Stunde und auch sonst nicht mehr. Lebwohl.«

Ich lege auf. Was soll's, rede ich mir gut zu. Was ist schon groß passiert. Mein Schmerz kommt mir lächerlich vor.

Und dann weine ich. Trotzdem.

Das Glück nach Epikur

Nicht jeder wird es glauben, aber die in der folgenden Geschichte be-
schriebenen verstörenden Ereignisse haben tatsächlich genau so statt-
gefunden. Den Stoff hat mir ein Bekannter mit der Bitte um literarische
Gestaltung anvertraut. Namen der Figuren, Schauplätze u.ä. sind selbst-
verständlich frei erfunden. (Anmerkung der Autorin)

Im Nachhinein hätte ich nicht sagen können, warum es mich
an diesem Sonntagnachmittag in die Ödnis des 16-Uhr-Fern-
sehprogramms verschlagen hatte. Vielleicht hatte mich eine dieser Anwandlungen von Lethargie überfallen, die das Hirn mit
bleiernem Stumpfsinn erfüllen und einen dazu bringen, sich mit
einer Tüte Chips sinnlos vor den Fernseher zu lümmeln. Und
so zappte ich mich dann durch mehrere Kanäle hindurch, zwei,
drei Gnadensekunden, eine Show mit Peter Alexander, »Unsere
Hagenbecks«, weiter, und dann mitten hinein in den Vorspann
dieses alten Kriegsschinkens aus dem Jahr 1954. »Die Caine war
ihr Schicksal«, mit Humphrey Bogart. Der Titel kam mir bekannt
vor, ich hatte meinen Vater das Buch lesen sehen, er war davon
immer ganz angetan gewesen. Vielleicht ließ ich den Film darum
laufen.

Ich hing auf dem Sofa, einfach so dahingeflatscht, die Füße auf
der Armlehne, das Gesicht in ein Kissen geknautscht. Min-sun
saß neben mir. Sie war am Nähen. Ein Babyjäckchen sollte es
werden, in Weiß und Mintgrün. Wir wussten noch nicht, was
es werden würde. Darum vermied sie die Farben Rosa und Blau.
Eine Weile döste ich vor mich hin und haderte ein wenig mit

diesem Zustand des dumpfen Nichtstuns, das mich noch nicht einmal regenerierte; lieber hätte ich geschlafen. Aber Schlafen, das war so ein Thema bei mir. Nein, nicht war; ist. Das Schlafen hat man mir ausgetrieben. Wie ich seit jeher Leute beneidet habe, die sich einfach so hinlegen und schlafen können, wie auf Kommando, wann sie wollen, wo sie wollen und so lange sie wollen.

Ich verfolgte die erste Viertelstunde zerstreut, ohne wirklich hinzuschauen. Zweiter Weltkrieg, US Marine, irgendein junger Offizier hat ein Techtelmechtel mit einer Nachtclubsängerin und wird einem Schiff mit Namen U.S.S. Caine zugeteilt. Das Schiff bekommt einen neuen Kapitän. Dieser bestellt seine Offiziere zu einer Kennlernrunde ein. Es gebe vier Arten, Dinge zu tun, erklärt er seinen verdutzten Untergebenen; die richtige, die falsche, die übliche und seine Art. Um dann noch hinzuzusetzen: »Wenn Sie es auf meine Art machen, fahren Sie am besten.«

Es war dieser Ton, der mich hellhörig werden ließ. Weniger vielleicht die Worte. Aber der Ton, den kannte ich. Von diesem Moment an hatte Kapitän Philip Francis Queeg meine volle Aufmerksamkeit.

Und nicht nur meine. Auch Min-sun hatte ihr Nähzeug beiseite gelegt.

Als der Abspann anfing, sahen wir uns betreten an. Ich sah die Frage in ihren Augen.

»Hast du …« fing ich an.

Sie nickte. »Ich bin ja so froh, dass du es auch siehst. Endlich. Ich habe es damals gleich gewusst … Aber mich nie getraut, es auszusprechen.« Sie legte ihre Hand auf meine. »Vielleicht war es gut, dass es so lange nicht geklappt hat mit einem Kind«, flüsterte sie. »Erst jetzt. Wo wir ganz sicher wissen, dass sie nicht hierher ziehen werden.«

Ich war fünfunddreißig Jahre alt, als mir an diesem Sonntagnachmittag aufging, dass meine Mutter psychisch krank war.

1.

Eine der frühesten Erinnerungen, die ich an meine Mutter habe, war, dass sie brüllte.

Meine Mutter war hochgewachsen und dünn, beinahe schon mager, knochig, hatte sehr dunkles Haar, das sie lang trug, oft in einem lockeren Knoten im Nacken, und riesige, dunkelbraune Augen. Sie hatte etwas Künstlerhaft-Bohemisches an sich. Niemand hätte mir geglaubt, wenn ich erzählt hätte, wie sie loslegen konnte. Und ich hätte es auch niemandem verübelt. Es schien so unglaubhaft. Aber sie brüllte, dass die Wände wackelten. Anfangs traf es nur meinen Vater. Kein Abend verging, an dem er nicht zusammengestaucht wurde, in einer Lautstärke, die meine Schwester und mich zu unfreiwilligen Ohrenzeugen von Szenen machte, die stundenlang andauern konnten, so lange eben, bis meine Mutter es für dieses Mal genug fand und von ihm abließ. Damals teilten Friederike und ich uns noch ein Kinderzimmer; sie kam immer zu mir in mein Bett gekrabbelt, wenn es wieder losging. Da lagen wir dann, mit angehaltenem Atem, als hätten wir Angst, schlimmere Dinge als dieses auf- und abschwellende Gebrüll heraufzubeschwören, und horchten in die Dunkelheit. Schon damals mussten wir uns daran gewöhnen, dass meine Mutter bestimmte, wann und ob wir schliefen.

Streiten konnte man das, was zwischen meinen Eltern ablief, nicht nennen; ein Streit ist ja trotz allem immer noch ein Dialog, in dem zwei Personen interagieren. Aber hier agierte nur einer, und zwar meine Mutter. Ihre Stimme schraubte sich im Laufe ihrer Monologe in wütende, schrille Höhen, bis zum Anschlag, und hielt nur kurz inne, damit sie nachladen konnte, für die nächste Salve, sozusagen, die sie auf meinen Vater abschoss. Wir hörten jedes Wort und begriffen doch nichts von dem, was da vor sich ging. Aber allein die Rohheit dieser Schallattacke auf ihn ließ uns für ihn Partei ergreifen.

Einmal hatten wir uns aus dem Bett geschlichen und vom Treppenabsatz im ersten Stock aus ins Wohnzimmer gelinst. Da hatten wir ihn beim Sofa stehen sehen, eine Hand auf der Rücklehne. Wie vor einem Exekutionskommando, in sein Schicksal ergeben, mit hängendem Kopf, ohne ein Wort der Entgegnung. Am nächsten Morgen hatte ich all meinen Mut zusammengenommen, sieben, acht Jahre alt, wie ich damals war, und meine Mutter schüchtern gefragt, was mein Vater denn falsch gemacht hatte. Ihre Antwort war eine Strafpredigt, die mir jegliche Lust, mich in welcher Art auch immer zu widersetzen, für die nächsten Jahre gründlich austrieb. Gelauscht hätten wir also; feine Kinder hätte sie da, die sich gegen sie stellten; und ich solle nur abwarten, ab jetzt müsse sie uns nachts dann wohl einschließen, um uns vor uns selbst zu schützen, wie sie es ausdrückte. »Ich habe dir immer gesagt, bis sie vier sind, muss man sie unter Kontrolle haben«, hatte sie zu meinem Vater gewandt gekeift. »Sonst tanzen sie dir auf der Nase herum! Und, hatte ich Recht?«

Später kriegten wir dann natürlich auch mehr und mehr mit, worum es ging. Um einen Camembert, den mein Vater beim Auswickeln nicht gleich auf einen sauberen Teller hatte fallen lassen, sondern ihn zuvor noch mit den Fingern anfasste, die vorher die Verpackung berührt hatten, die auf dem verkeimten Kassenfließband gelegen hatte. Darum, dass er nach Feierabend nicht sofort, sondern erst eine halbe Stunde später nach Hause gekommen war; ob er sich wieder von der Nachbarin schräg gegenüber habe anmachen lassen, dieser Nymphomanin, die habe es doch auf ihn abgesehen, ganz offensichtlich sei das. Und darum, dass er heute Nachmittag nicht ans Telefon gegangen sei, als sie angerufen und ihn habe sprechen wollen, seine Sekretärin habe gesagt, er sei in einer Besprechung gewesen, bestimmt habe er sich verleugnen lassen, und dabei habe sie zweimal das Martinshorn gehört, sie habe doch nur sichergehen wollen, dass nicht er in diesem Krankenwagen lag. Er wisse schließlich ganz genau, was mit ihrem Vater passiert war, auf der Straße war der zusammengebrochen, Herzinfarkt, und mit der Ambulanz abtransportiert worden, das

Risiko sei real und bestehe immer. Wie er ihr das antun könne, mit Absicht mache er das doch, dieses Sichentziehen.

Erst Jahre später, als Teenager wohl, habe ich meinen Vater einmal gefragt, warum er sich das alles widerspruchslos gefallen ließ und immer nur den Kopf einzog, anstatt einmal Paroli zu geben. Er war auf meine Frage überhaupt nicht gefasst gewesen. Nur so kam es wohl, dass er sich ein resigniertes »Ach, was würde es schon bringen« entreißen ließ; das war es, was ihm spontan entfuhr, Aber dann hatte er sich auch gleich schon wieder im Griff, das war ganz mein Vater, beherrscht, jedes Wort wägend, als stünde er im Labor seiner Firma und müsste die Zutaten für eine neue Rezeptur auf das Milligramm genau abmessen, und hinzugefügt: »Sei nicht ungerecht, Adrian. Vieles, was sie sagt, stimmt ja sogar. Ein wenig extrem ist es, sicher … Aber im Prinzip … Sie macht sich eben Sorgen um euch. Und, ist es euch schlecht ergangen? Tut sie nicht alles für euch? Sieh doch mal, wie andere so aufwachsen müssen.«

Es war nicht fair, was mein Vater da machte. Denn genau das – den Vergleich –, den hatten meine Schwester und ich eben gerade nicht. Solange meine Mutter es verhindern konnte, hatten wir kaum Gelegenheit, zu sehen, wie andere aufwuchsen.

In den Kindergarten gingen wir natürlich nicht, Friederike und ich. Mein Vater, der Chemiker bei einem Unternehmen für Lebensmittelzusätze war, verdiente reichlich. Meine Mutter musste nicht arbeiten. Sie widmete sich voll und ganz unserer Erziehung. Und das hieß vor allem: Unserem Schutz vor der feindseligen, uns Übel wollenden Welt, die da draußen, um uns herum, existierte.

Böse Seelen, davon war sie überzeugt, schlossen sich zu Zirkeln zusammen, um unserer Familie zu schaden. Ihre Zeit kam nachts; wenn die Menschen, in denen diese Seelen wohnten, schliefen, lösten sie sich von deren Körpern und zogen los, denn nur dann hatten sie eine Chance, sich unserer zu bemächtigen; dann, wenn wir ebenfalls schliefen. Jeder, aber auch wirklich jeder Mensch in unserer Umgebung konnte diesem Zirkel böser Seelen angehören. Wir Familienmitglieder waren zwar ausgenommen, aber auch wir konnten vorübergehend beeinflusst werden, eben während des Schlafens, wenn aktive Gegenwehr unmöglich war. Der Schlaf war es, was sie fürchtete. Und der Schluss, den sie daraus zog, war unerbittlich. Wir und andere mussten vom Schlafen abgehalten werden, mit allen Mitteln.

Jede Nacht wurden daher Dutzende von Telefonnummern potentieller Gefährder gewählt. Wenn jemand abnahm, wurde gleich wieder aufgelegt. Eine einfache, aber wirkungsvolle Methode, um die Betreffenden (und uns) am Schlafen zu hindern. Meine Mutter hatte ein Verzeichnis, das gewissenhaft, Nacht für Nacht, abgearbeitet wurde. Hinzu kamen akute Verdachtsfälle, die spontan, dafür aber mit einer Intensivbehandlung (Anruf alle halbe Stunde) abgeblockt werden mussten, Leute, die sich am Tag irgendwie merkwürdig verhalten hatten. Sie hatten scheel geguckt, dämonisch gelacht oder sich verräterisch ans Ohrläppchen gefasst. Ihr konnten sie nichts vormachen; sie kannte die Zeichen.

In den ersten sechs Jahren meines Lebens war ich von der Welt »draußen« weitgehend abgeschirmt. Wir hatten unseren eigenen, mit allen Schikanen ausgestatteten Spielplatz auf unserem Grundstück, einen Hund, zwei Kaninchen und Meerschweinchen, »was kann ein Kind sich denn noch mehr wünschen«, wie meine Mutter zu sagen pflegte. Wenn wir uns doch einmal außerhalb des geschützten Kokons bewegten, den sie um uns gesponnen hatte, war sie dabei und ließ ihr wachsames Auge auf uns ruhen. Auch zur Grundschule – wohin sie mich ja notgedrungen lassen musste – brachte sie mich und holte mich auch wieder von dort ab. (Das ließ sie erst bleiben, als ich später aufs Gymnasium wechselte und es ihr dann doch zu peinlich wurde, nachdem die Klassenlehrerin sie nach der ersten Woche einmal ganz direkt darauf angesprochen hatte.) Kontakte zu Gleichaltrigen blieben strikt reglementiert. Spielen mit Klassenkameraden durfte nur bei uns stattfinden. Meine Mutter unterzog die Kinder, die zu uns kamen, einer strengen Prüfung, und verlieh ein Unbedenklichkeitszertifikat, das allerdings jederzeit wieder eingezogen werden konnte.

Ab und zu versuchte sie durchaus, Bekanntschaften zu schließen, auf eine überschwängliche, überhastete Art, die die auf dem Fuße folgende Ernüchterung schon vorwegnahm. Ich erlebte das selber einige Male mit. Anfangs hoffte ich immer noch ernsthaft, dass etwas daraus werden könnte. Aber mit der Zeit machte ich mir da keine Illusionen mehr.

Als sich das erste Mal so etwas wie eine Freundschaft vor meinen Augen anzubahnen schien, war ich acht oder neun Jahre alt. Damals musste ich zur Krankengymnastik, da der Kinderarzt eine leichte Skoliose bei mir festgestellt hatte. Dort lernte meine Mutter – die natürlich immer von Anfang bis Ende anwesend war – die Mutter von Niels kennen, die auch da blieb, weil sie von weiter weg kam und es sich für sie nicht lohnte, nach Hause zu fahren. Während wir turnten, kamen die beiden Frauen mehr und mehr ins Gespräch. Sie schienen tatsächlich Gefallen aneinander zu finden. Meine Mutter fand Anita frisch, unkonventionell und witzig, sie war fast ein bisschen am Schwärmen und schenkte ihr eines ihrer selbstgemachten Patchworkkleider. Einmal verließ sie sogar ihren Beobachterposten während der Gymnastik, um mit Anita einkaufen zu gehen. Nach Ende der Krankengymnastik, verabredeten die beiden, wolle man den Kontakt regelmäßig fortsetzen. Ich war ganz selig darüber, endlich so etwas wie einen Freund gefunden zu haben. Mir war damals noch nicht klar, wie schnell die anfängliche Euphorie bei meiner Mutter ins Gegenteil umschlagen konnte.

Erste Risse bekam das Ganze, als Anita nach der letzten Sitzung vorschlug, zu viert ein Eis essen zu gehen; sie wollte uns einladen. Meine Mutter nahm die Einladung an, und das wollte schon etwas heißen. Sie aß ungern irgendetwas außer Haus, man wusste ja schließlich nicht, was alles die Leute da hinein taten. (Wir selber kauften nie Produkte, die Gefahr liefen, mit den Zaubermittelchen, die die Firma meines Vaters herstellte, behandelt worden zu sein.) Es kostete sie große Überwindung, aber sie riss sich zusammen, und ich glaube, Anita merkte gar nichts.

Niels wollte einen »Eiszwerg« mit Smarties, Schokosauce, Waffeln und bunten Streuseln. Ich zögerte; ich wollte das auch, nichts anderes, genau das, aber ich wusste, dass ich mir damit den Zorn meiner Mutter zuziehen würde. Ich konnte ihre Gedanken lesen. Farbstoffe, künstliche Aromen, Industriezucker, all dieses bei uns zu Hause verteufelte Giftzeugs.

»Also einen Eiszwerg für Niels«, sagte Anita. »Und für dich, Adrian?«

Meine Mutter stieß mich unter dem Tisch mit dem Fuß an. Ich wusste, was ich jetzt sagen sollte, nämlich, vielen Dank, für mich nichts, ich mag Eis eigentlich gar nicht so besonders.

Ich nahm all meinen Mut zusammen.

»Für mich auch. Wenn ich darf.«

Ich sah meine Mutter auf ihrer Unterlippe herumbeißen; am liebsten hätte sie es mir ohne weitere Umstände verboten. Aber sie traute sich nicht. Oh, sie wusste durchaus, wie man sich »normal« benahm.

»Klar darfst du.« Anita lachte. »Auch Sahne drauf?«

Ich sah meine Mutter nicht an, während ich meinen Eiszwerg aß. Mir war schlecht vor Angst, sodass ich kaum etwas herunterbringen konnte. Schon jetzt graute mir vor der Abreibung, die sie mir nachher, wenn wir zu Hause waren, verpassen würde. Und ich ahnte, dass das mit Niels und seiner Mutter schiefgehen könnte und ich am Ende wieder ohne Spielkameraden dastehen würde.

»Hat's dir nicht geschmeckt?«, fragte Anita, als sie den zerrührten Brei aus geschmolzenem Vanilleeis, zerflossener Schokosauce und aufgeweichten Smarties in meinem Becher sah.

»Doch, doch.« Mir stand der kalte Schweiß auf der Stirn. »Mir ist nur ein bisschen übel.«

»Er ist es nicht so gewohnt, all dieses süße Zeug«, sagte meine Mutter mit dünnlippigem Lächeln.

Ein einziges Mal war Niels danach noch bei uns zum Spielen gewesen. Danach war Niels' Mutter vollends in Ungnade gefallen. »Aber der Kontakt war doch bisher sehr erfreulich, hast du zumindest immer erzählt«, wandte mein Vater ein.

»Sie hat mich getäuscht, dieses hinterhältige Biest«, fauchte meine Mutter. »Nicht nur, dass sie Adrian dazu verleitet, mir offen in den Rücken zu fallen, und das mit Absicht, mit voller Absicht, sage ich dir. Ich habe doch genau gesehen, dass sie dir schöne Augen gemacht hat …«

»Ich habe sie doch kaum gesehen!«, verteidigte sich mein Vater. »Nur ganz kurz, als ich nach Hause kam, an der Tür …«

»Was spielt das für eine Rolle, du weißt doch, ein Blick genügt, und sie haben Macht über dich!« Jetzt brüllte sie wieder.

»Du hast ja Recht.« Schon knickte er ein. »Ich hätte mich vorsehen müssen.«

»So fängt es immer an. Sie hat es auf uns abgesehen. Wir müssen uns schützen.« Sie sank auf den nächsten Stuhl und schlug mit der Faust auf den Tisch. »Keinem kann man trauen, keinem, hört ihr! Erst tun sie so freundlich, so harmlos, aber dann … Es ist immer dasselbe. Wir lassen sie in unsere Familie ein, in unser Heim, und das haben wir dann davon. Hier ist ihre Telefonnummer, die kommt auf die Liste. Wehret den Anfängen!«

Der Vorfall mit dem Eiszwerg, den ich mir gegen den Willen meiner Mutter erschlichen hatte, war für mich zu einem Schlüsselerlebnis geworden. Ich hatte begriffen, dass ich meinen Willen unter bestimmten Umständen durchsetzen konnte, zum Beispiel, wenn andere dabei waren und sie den Schein zu wahren versuchte, oder auch, wenn sie etwas von mir wollte, unbedingt, gute Noten etwa. Dann konnte ich gewisse Bedingungen stellen, im Gegenzug etwas fordern. Sie erpressen, hätte man auch sagen können.

Jedes Mal wieder aber stand ich vor demselben Dilemma. Wollte ich, was auch immer es war, wirklich so dringend, dass ich mich auf einen Kampf mit ihr einließ? Jedes Mal wieder wog ich Nutzen und Kosten gegeneinander ab. War es das wert? Und sehr häufig verzichtete ich letztendlich dann doch, weil mir der Preis, den ich für meinen Sieg würde zahlen müssen, schlicht zu hoch war.

Ich hasste sie dafür, dass sie mir diesen Kampf aufzwang, denn diese Methoden gingen mir gegen den Strich. Wenn ich gewann, schämte ich mich, auch, weil ich wusste, wie viel Kummer ich meiner Mutter damit machte. War es uns denn schlecht ergangen, tat sie nicht alles für uns? Wieder und wieder echoten die Fragen meines Vaters in meinem Kopf nach. Gleichzeitig aber war mir klar, dass ich kein anderes Mittel hatte, um mir wenigstens ein kleines Stückchen Unabhängigkeit zu erobern.

Sie war eine zähe Kämpferin, die keinen Fußbreit Boden einfach so aufgab. Wenn sie zu Kreuze kroch, bezahlte ich bitter dafür. Und manchmal verwandelten sich Siege auch ganz plötzlich in vernichtende Niederlagen.

Ich weiß es noch wie heute … Zu meinem zehnten Geburtstag wollte ich endlich eine Feier, unbedingt, eine, wie sie meine Klassenkameraden auch gaben. Ich war schon von allen eingeladen worden, und meine Mutter hatte mich auch tatsächlich gehen lassen, zähneknirschend und mit einer langen Liste von Anweisungen, die ich schwor zu befolgen, wenn ich nur gehen durfte. Sie hatte wirklich Angst vor der Meinung der Leute, damals jedenfalls noch. Nur das hielt sie davon ab, diese Einladungen entweder gleich abzulehnen oder aber die Eltern des Geburtstagskindes anzurufen und ihnen lang und breit auseinanderzusetzen, was alles ich zu tun und zu lassen hatte.

Ich hielt mich meistens an die Anweisungen meiner Mutter, zum einen, weil ich sonst ein zu schlechtes Gewissen gehabt hätte, zum anderen aber, weil ich ihr zum Teil eben auch glaubte. Dass Gummibärchen gefährlich waren, weil darin Gelatine war und somit BSE drohte. Dass Mayonnaise unweigerlich salmonellenverseucht war. Und die Plastikgimmicks aus den Überraschungseiern Krebs verursachten.

Ich mogelte, indem ich zum Beispiel die Geschenktüte, die wir vom Geburtstag mit nach Hause nehmen durften, schon auf dem Heimweg leer aß, anstatt sie abzulehnen. Mir blieb nichts anderes übrig. Ich wollte meiner Mutter nicht missfallen, aber eben auch nicht als »komisch« abgestempelt werden. Nach den ersten Malen lag ich nachts wach und wartete fast darauf, dass ich Brechdurchfall oder Halluzinationen oder ein Riesengeschwür kriegen würde. Erst nach drei-, viermal verbotener Nascherei beruhigte ich mich langsam. Meine Mutter hatte ein klein wenig ihrer Glaubwürdigkeit eingebüßt und ich war etwas mutiger geworden.

Als sich mein zehnter Geburtstag näherte, stürzte ich mich in den Kampf. Diese Feier, hatte ich beschlossen, war es mir wert.

Wochenlang rangen wir miteinander, meine Mutter und ich. Erst wollte sie gar nichts davon wissen. Ich reagierte mit Essensverweigerung und Spucken, da konnte ich unglaublich hart gegen mich selbst sein. Nach ein paar Tagen dann bekam sie Angst, dass bei mir noch Mangelerscheinungen auftreten würden, und zeigte sich verhandlungswillig.

Was am Ende dabei herauskam, hatte mit meinen ursprünglichen Maximalforderungen nichts mehr zu tun. Berliner hatte ich gerne gewollt, mit dickem, glänzendem, weißem Zuckerguss drauf. Sie war einverstanden, bestand aber darauf, sie selbst zu backen. Dasselbe galt für die Pommes frites, die sie selbst im Ofen bei uns zu Hause zubereiten würde, weil sie viel weniger Fett und Salz enthielten, statt dem Besuch beim McDonald's. Und was das Bowlen anging … Sie fand, dass man doch auch zu Hause nette Spiele machen konnte, Bingo und ein Quiz zum Beispiel, sie würde sich da schon etwas einfallen lassen. Und bei schönem Wetter konnten wir ja schließlich auch prima draußen spielen.

Ich gab nach; immerhin hatte ich mir mit dem Finger im Hals meine Geburtstagsfeier ertrotzt. Mein Mindestziel hatte ich somit erreicht.

Meine Mutter gab sich wirklich Mühe mit den Berlinern, das musste man ihr zugute halten. Aber sie waren ganz furchtbar. Niemand wollte sie essen. Auf jedem Teller lag ein angebissener Berliner, aus dem die Erdbeermarmelade herausblutete. Ich schämte mich entsetzlich für die Dinger. So kam es, dass ich in einem unbeobachteten Moment fallen ließ, wie grässlich sie nach Hefe schmeckten. Vermeintlich unbeobachtet, wie sich herausstellte. Meine Mutter hatte meine Bemerkung nämlich doch mitbekommen, vielleicht hatte sie ein Mikrofon im Wohnzimmer installiert, über das sie mich von der Küche aus abhörte, im Rückblick erscheint mir nichts, aber auch gar nichts ausgeschlossen. Mein Vater zerrte mich vor den Augen aller aus dem Zimmer und faltete mich nebenan zusammen, dass mir Hören und Sehen verging.

Wie die Feier weiter verlief, weiß ich nicht mehr. Es war mir auch gleichgültig. Ich war nur noch am Bibbern und Zittern, vor lauter Angst, dass ich ihre Liebe verloren hatte, und diesmal – angesichts der Schwere meines Vergehens – für immer und ewig. Sie ließ mich auf die übliche Art und Weise schmoren, nur noch länger und erbarmungsloser. Ich war Luft für sie. Und das im wahrsten Sinne des Wortes. Wenn meine Mutter eines gut konnte, dann war es das: Einem das Gefühl geben, dass man nicht mehr existierte. Sie sprach nicht mit mir, sah durch mich hindurch, deckte den Tisch nicht für mich mit und schloss Türen direkt vor meiner Nase. Wie froh wäre ich gewesen, wenn sie gebrüllt hätte. Das machte mir bei Weitem nicht so viel Angst. Schließlich warf ich mich ihr in meiner Verzweiflung in den Weg und umklammerte ihre Knie; nicht einmal das half. Sie schüttelte mich ab und stieg über mich hinweg wie über ein Bündel alte Lumpen, das ihr den Weg versperrte. Viel hätte wohl nicht gefehlt, und sie hätte mich mit dem Fuß beiseite geschoben.

2.

Ich weiß nicht mehr genau, wann die Sache mit der Fangschaltung passierte. Dreizehn, vierzehn war ich da wohl. Aber ich weiß noch sehr genau, dass das der Punkt war, ab dem meine Mutter zunehmend außer Kontrolle geriet.

Seit Monaten schon hatte sie die »böse Familie« im Visier, die uns schräg gegenüber wohnte. Ständig hockte sie am Fenster, mit einem Fernglas in der Hand, und beobachtete die »Manöver« dieser »säuischen Bande«, vor allem der Frau, jeden ihrer Schritte, ihre Gesten, ihre Kleidung, denn die hatte es ja auf meinen Vater abgesehen. War sie an manchen Tagen »obszön« zurechtgemacht, mussten Friederike oder ich unten so lange auf der Straße herumlungern, bis er von der Arbeit kam, ihn abfangen und sicher ins Haus geleiten, bevor diese Person sich auf ihn stürzen konnte. Besonders argwöhnisch wurde meine Mutter, wenn sie sah, dass jemand von gegenüber einen Gegenstand in der Hand hielt und damit herumhantierte. »Fernbedienungen«, fing sie an zu murmeln, »passt auf, morgen ist wieder irgendetwas am Auto, das letzte Woche, das waren die auch.«

Das irrsinnige Telefonbombardement auf die Nachbarn gegenüber verstärkte sich im Laufe weniger Monate noch einmal. Jede Nacht wurde bis zu fünfzigmal drüben angerufen. Auch Friederike und ich mussten mitmachen, wir arbeiteten sozusagen in Schichten und schliefen abwechselnd. Und dann war es irgendwann soweit: Meine Mutter flog auf. Die Nachbarn hatten eine Fangschaltung einrichten lassen. Gleich dutzendfach war die Handynummer meiner Mutter damit erfasst worden. Es kam zur Anzeige. Meine Mutter – findig, wenn es darauf ankam – schob eine über neunzigjährige, hinfällige Tante vor, die ein paar Hundert Kilometer entfernt im Pflegeheim lebte. Ich musste vor Gericht bestätigen, dieser Tante das Handy überreicht zu haben, damit sie meine Mutter während ihrer häufigen Umnachtungszustände jederzeit erreichen konnte. Und natürlich auch sämtliche Nachbarn, damit diese meine Mutter notfalls über den Anruf informieren konnten. Es war eine abstruse Geschichte, aber der Richter fiel darauf herein. Die Nachbarin war nicht nur blamiert, sondern musste auch noch sämtliche Anwalts- und Gerichtskosten tragen. Nun hatten wir uns tatsächlich Feinde geschaffen.

Danach allerdings stellte meine Mutter zumindest die systematischen Anrufaktionen ein; der Schreck war ihr doch zu sehr in die Knochen gefahren. Das war erfreulich für die Nachbarn, für uns aber nahm der Schlafentzug jetzt noch einmal ganz neue Dimensionen an. Denn da wir ja nun nicht mehr die Armee der uns Übles Wollenden am Schlafen hindern konnten, mussten wir wach und auf dem Posten sein, mindestens immer zwei von uns (sodass wir einander gegenseitig vom Schlafen abhielten) und so lange wie möglich. Wieder traf es zunächst am schlimmsten meinen Vater. Er wurde mit kannenweise Kaffee traktiert, auch mitten in der Nacht, der noch einmal extra mit Kaffeemehl oder sogar Pfeffer versetzt war. Wenn das nicht mehr half, bekam er auch schon mal Schläge mit Fäusten oder Plastikflaschen auf den Kopf. Aber auch wir Kinder mussten ran zur Nachtwache. Mein Vater, Friederike und ich liefen chronisch übernächtigt durch die Gegend. Es war schon ironisch. Meine Mutter wollte die Zombies um uns herum bannen, aber die einzigen, die verdächtig Zombies zu ähneln begannen, waren wir drei. Sie selbst übrigens schien niemals Schlaf zu brauchen, es war, als hätte sie irgendwo eine sich ständig immer wieder von selbst auffüllende Batterie, die ihr Energielevel konstant hielt.

Dass ich den Eindruck hatte, immer mehr wie ein Untoter auszusehen, war keine Einbildung, wie sich bald darauf herausstellte. Denn andere bemerkten es auch. Eines Tages sprach die Frau von nebenan meine Mutter auf der Straße darauf an, wie müde wir alle immer aussähen; ob wir nicht doch vielleicht mal zum Arzt müssten.

Die harmlose Bemerkung der Nachbarin löste die nächste Eskalationsstufe aus. Meine Mutter verhängte drastische Notfallmaßnahmen. Ab sofort durften wir das Haus nicht mehr durch die Haustür verlassen, sondern mussten über mehrere Zäune klettern und durch drei Gärten schleichen, um zur Straße zu gelangen. Wir hatten Anweisung, mit niemandem zu sprechen, damit manipulativen Kräften kein Angriffspunkt geboten wurde. Um Spionen den Blick zu versperren, schaffte meine Mutter großblättrige Pflanzen an, mit denen sie die Fenster zustellte. Damit nicht genug brachte sie dicke, undurchsichtige Stoffbahnen dahinter an, die zugezogen wurden, anfangs nur abends, später dann den ganzen Tag. Wir saßen ständig im Halbdunkel. Das Licht anzumachen war strengstens verboten, es hätte ja von gegenüber jemand zu uns hineinspähen können. So ähnlich müssen sich die Bewohner von mittelalterlichen Burgen gefühlt haben, deren Leben sich weitgehend hinter Schießscharten abspielte. Auch die Hecke um unser Grundstück wurde immer höher und ragte bald über das gesamte Erdgeschoss hinaus wie ein Verteidigungswall.

Unser Haus verwandelte sich in eine stets abwehrbereite Festung. Fehlte nur noch, dass meine Mutter meinen Vater zwang, einen Graben vor der Haustür auszuheben und eine Zugbrücke zu bauen.

Kurz nach Anbringung der Stoffbahnen war es wohl, dass die Eltern meines Vaters das letzte Mal zu Besuch kamen.

Als kleines Kind hatte ich mich noch täuschen lassen und geglaubt, dass auch die Erwachsenen bei diesen Besuchen eine schöne Zeit miteinander verbrachten. So lange, bis ich alt genug war, um zu verstehen, dass die vermeintliche Harmonie nichts als Fassade war, die gewahrt werden musste, nicht zuletzt auch deswegen, weil meine Großeltern zum Anpumpen noch immer gut genug waren.

Ich hatte Oma und Opa immer gern gehabt; nun aber, da ich mitbekam, wie meine Mutter jedes Mal nach ihrer Abreise tagelang über sie wetterte, jedes Wort, jeden Gesichtsausdruck, zerpflückte und verteufelte, wusste ich nicht mehr, was ich glauben sollte. Wenn sie fortan bei uns zu Besuch waren, war ich immer hin- und hergerissen. Wann durfte ich freundlich, wann musste ich abweisend sein? Es war eine ständige Gratwanderung. Wenn ich mich nicht richtig verhielt, war ich genauso dran, wenn sie wieder weg waren. Und so behielt ich die ganze Zeit über meine Mutter im Auge, um die geringste Regung von Missfallen, die sich auf ihrem Gesicht zeigte, wie ein Seismograph zu erfassen.

Bei diesem letzten Besuch meiner Großeltern kam es zum Eklat, weil meine Oma es gewagt hatte, das Licht einzuschalten, als wir beim Abendbrot saßen und meine Mutter kurz den Raum verlassen hatte. Ich wusste, jetzt würde es eine schreckliche Szene geben, und wartete ängstlich zusammengeduckt darauf, dass meine Mutter zurückkam.

Ich sollte Recht behalten; diesmal konnte meine Mutter nicht mehr an sich halten. Sie schaltete das Licht wutentbrannt wieder aus und fuhr auf meine Großeltern los. Was ihnen einfalle, dies sei ihr Haus, sie hätten sich gefälligst an die Regeln zu halten. Wenn ihnen das nicht passe, müsse sie sie bitten zu gehen.

Die beiden saßen da wie vom Donner gerührt und bekamen erst einmal kein Wort heraus. Dann wandte sich mein Opa an meinen Vater. Was denn los sei, hatte er gefragt und ganz verstört geklungen. »Bernhard, so antworte doch«, hatte er gesagt, fast flehend. Nie werde ich das vergessen. Er tat mir so leid. Ich hätte am liebsten geweint.

Während des Essens wurde nicht mehr gesprochen, kein Wort, und am nächsten Morgen waren meine Großeltern vorzeitig abgereist. Meine Oma hatte danach noch einige Male versucht, telefonisch Kontakt aufzunehmen, aber wir mussten immer sofort auflegen, wenn sie dran war. Meine Mutter verfluchte jeden dieser Anrufe wüst.

Eines Nachts – es war schon spät, zwei oder halb drei, und ich hatte mich nach meiner Wache gerade hingelegt, für zwei Stunden, bis ich wieder übernehmen sollte –, als mich ein gellender Schrei meiner Mutter aus dem einsetzenden Schlaf riss.

»Da!«, brüllte sie. »Ich hab's gesehen ... Der Kopf! Der Kopf!« Ich sprang aus dem Bett und raste nach unten. Dort stand meine Mutter, kreidebleich, mit vor Angst gesträubtem Haar, und deutete mit dem Finger wild auf eine der Steckdosen. Mein Vater saß auf dem Sofa und blinzelte verdattert.

»Was für ein Kopf?«, fragte er durch ihr Gebrüll hin. »Na, der von deiner Mutter!«, keifte sie ihn an. »Ihr Kopf kam aus dieser Steckdose gefahren, als Kugelblitz! Gerade in dem Moment, als du auf dem Sofa am Einnicken warst!« So einen bösartigen Versuch, jemanden zum Schlafen zu beeinflussen, habe sie noch nie erlebt; jetzt sei das Maß voll. »Du wirst diese Hexe nicht mehr wiedersehen!«, sagte sie am Ende in gebieterischem Ton zu meinem Vater. »Entweder sie oder wir. Hast du mich verstanden?«

Mein Vater sah seine Eltern bis zu ihrem Tod nicht wieder und blieb auch ihrer Beerdigung fern.

Die Jahre der Pubertät brachten neue Nöte und Ängste. Nicht nur mir, sondern vor allem auch meiner Mutter.

In dieser Zeit, als fast alle meiner Mitschüler nichts anderes wollten, als zu den »populären« Teenagern gehören, war mir klar, dass ich niemals einer von denen sein würde. Ich war ein Außenseiter und würde es auch bleiben. Und so guckte ich zu, wie meine Mitschüler statt Kindergeburtstagen nun Partys veranstalteten, bei denen die ungeschriebene Regel, die seit der Grundschulklasse wie selbstverständlich gegolten hatte (Mädchen luden Mädchen ein, Jungen Jungen) mit einem Mal wie selbstverständlich außer Kraft gesetzt wurde; wie sich Cliquen formierten, die zusammen auf dem Schulhof abhingen und am Wochenende durch Kneipen und Discos zogen; wie sich erste, verliebt knutschende Pärchen bildeten, die alles um sich herum vergaßen. Von all dem war ich abgeschnitten, ein unbeteiligter Beobachter. Ich weiß nicht mehr, ob es mir etwas ausmachte. Wahrscheinlich nicht. Ich war es gewohnt, anders als andere zu sein, von der Welt, in der sie lebten, abgeschottet, daher glaube ich nicht, dass es mir zu schaffen machte. Es war eher eine Bestätigung für etwas, das ich schon immer gewusst hatte.

Und doch ging diese Zeit natürlich nicht spurlos an mir vorbei. Ich sah, wie sich den anderen aufregende neue Horizonte auftaten und Freiheiten eröffneten, wie sie eigene Entscheidungen trafen und begannen, sich von ihren Eltern unabhängig zu machen, mit deren wohlwollender Unterstützung oder notfalls eben auch ohne. Ein Teil von mir war sich bewusst, dass dies ein naturgegebener, zwangsläufiger Prozess war, der sich möglicherweise aufschieben, niemals aber ganz und für immer »abstellen« ließ und folglich auch mir nicht erspart bleiben konnte. Dass ich davor unendliche Angst hatte, brauche ich wohl kaum dazu zu sagen. Insofern kam es mir nur entgegen, dass vorläufig noch der andere Teil von mir die Oberhand hatte, der mir einflüsterte, wie dankbar ich sein konnte, dass meine Mutter über mich wachte und mir sagte, was richtig und was falsch war, in dieser Welt, in der es vor Bösem nur so wimmelte.

Dennoch, dieser zweite Teil verlor an Macht über mich, jedes Jahr ein wenig mehr, und ich konnte nicht mehr länger verhehlen, dass ich Antworten suchte und meine Zweifel stärker wurden. Meine Mutter spürte das natürlich auch, und es verstärkte ihr Bedürfnis, mich zu kontrollieren, angesichts der »Anfechtungen«, denen ich nun auf Schritt und Tritt ausgesetzt war.

Ihr Zwang, Menschen aufgrund von »Erkennungszeichen«, die nur sie deuten konnte, in Kategorien von »hoffnungslos böse« bis »unbedenklich bis auf Widerruf« einzuteilen, wurde womöglich noch beherrschender. Und jetzt kam noch etwas anderes hinzu. Sie fing an, sich als »Medium« zu sehen, das den Willen Gottes verkündete und künftige Ereignisse voraussah. Ein Lied im Radio, das nur für sie gespielt wurde; Wolken, die am Himmel Bilder formten; Gesichter, die sie in Baumkronen erkannte – alles konnte eine Informationsquelle sein. Zu dieser Zeit begann sie auch, über

Wiedergeburt zu sprechen und in anderen Menschen Ähnlichkeiten zu prominenten Persönlichkeiten zu sehen. Die Palette war dabei weit gespannt und reichte von Superschurken wie Stalin über »verworfene Schlampen« wie Marilyn Monroe bis hin zu Mutter Theresa. Das machte alles noch schwieriger. Ich zweifelte; aber ich wagte nicht, ihr nicht zu glauben. Zu lange hatte sie für mich entschieden.

Es erübrigt sich beinahe, zu sagen, dass ich unter diesen Umständen keine Freundschaften eingehen konnte. Immer wieder würde es genauso laufen wie damals bei Niels und seiner Mutter, davon war ich überzeugt. Die Enttäuschung war vorprogrammiert und zu schmerzhaft. Außerdem wollte ich auch meiner Mutter keinen zusätzlichen Kummer bereiten; sie litt ja, das stand außer Frage. Ich hatte Angst, dass sie wieder anfing, nachts irgendwelche Telefonnummern anzurufen. Lieber verzichtete ich nun ganz auf Kontakte außerhalb der Schule. So wichtig war es mir eben auch nicht gewesen.

Bis eines Tages Yvonne auf den Plan trat.

3.

Ich war in der zwölften Klasse, also achtzehn, als Yvonne und ich in denselben Deutsch- und Sportkurs eingeteilt wurden. Vorher hatte ich nichts mit ihr zu tun gehabt, weil sie in einer Parallelklasse gewesen war. Ich kannte sie kaum, nur vom Sehen. Aber nun hatten wir insgesamt acht Stunden die Woche zusammen Unterricht.

Yvonne war äußerlich der maximale Gegensatz zu meiner Mutter. Nicht groß und hager, sondern klein und zart. Nicht dunkel, sondern honigblond und blauäugig. Alles an ihr wirkte sanft, kindlich und irgendwie – ja, unbedrohlich. Sie sprach leise und langsam und lächelte viel, während ihre Finger mit ihrem Haar spielten, das ihr bis zur Taille reichte.

Ich weiß nicht mehr, wie wir ins Gespräch kamen, nur, dass es ziemlich bald nach Beginn des Schuljahrs passierte, und wir uns gleich zueinander hingezogen fühlten. Ich glaube, dass ich mich sofort in sie verliebte. Es war ein überwältigendes Gefühl, zu sehen, dass sie meine Zuneigung erwiderte. Ausgerechnet sie, die so ziemlich jeden hätte haben können, wollte mich, den Sonderling, der bis dahin noch nicht einmal Händchen mit einem Mädchen gehalten hatte. Alles hätte wunderbar sein können. Aber das war es natürlich nicht, ganz im Gegenteil.

Wochenlang dachte ich fieberhaft darüber nach, was ich tun sollte. Ich wusste, dass Yvonne anfing, sich zu wundern, warum ich mich nicht mit ihr verabredete. Es war einfach das Normale, etwas, das alle um uns herum machten. Und ich wollte ja auch, zu gerne. Aber wie hätte ich es anstellen sollen? Nach der Schule hatte ich zu Hause zu sein. Meine Mutter wurde unruhig, wenn ich nicht pünktlich zurückkam, genau wie bei meinem Vater. Außerdem gab es auch eine Menge Arbeit zu erledigen. Die Tiere mussten versorgt werden (es waren inzwischen etliche mehr geworden), und im Haushalt tat meine Mutter immer weniger, es interessierte sie einfach nicht mehr, das fiel also auch auf uns zurück.

Ein paar Mal schwänzte ich die nachmittags stattfindende Altgriechisch-Arbeitsgruppe, um mich in dieser Zeit mit Yvonne zu treffen. Aber das war keine Lösung auf Dauer. Ich hatte seit Jahren niemanden mehr nach Hause mitgebracht. Bei dem Gedanken, dass ich Yvonne meiner Mutter würde vorstellen müssen, bekam ich schlotterweiche Knie. Und doch, es war die einzige Möglichkeit. Das mit Yvonne war eine so große, ernste Sache für mich, dass ich mir sicher sein musste. Ich brauchte die Zustimmung Gottes – oder eben stellvertretend die meiner Mutter.

Immer wieder ging ich die äußerlichen Merkmale durch, die meine Mutter erwähnt hatte, wenn sie Menschen auf ihren Grad der Bösartigkeit hin einstufte. Ich versuchte, eine Systematik dahinter zu erkennen. Aber es gab keine. Zumal ich ja immer wieder erlebt hatte, dass all diese Beurteilungen schon wenig später, manchmal sogar gleich am nächsten Tag, wieder revidiert und ins komplette Gegenteil verkehrt wurden. Nein, da war nichts, woran ich mich halten konnte. Ich musste den Sprung ins kalte Wasser wagen. Und vor allem musste ich es bald tun, bevor mir ein anderer zuvorkam. Der Gedanke machte mir noch mehr Angst als der an das Drama, das mir mit meiner Mutter möglicherweise bevorstand.

Yvonne liebte Tiere, vor allem Hunde. Und so fragte ich sie, ob sie nicht einmal mit zu mir kommen und unsere drei Hunde ausführen wollte. Das schien mir eine relativ unverfängliche Ausgangssituation. Gerne hätte ich Yvonne ein paar Verhaltensregeln mit auf den Weg gegeben. Aber das war sinnlos, wie ich selbst ja wusste. Und mir wurde klar, dass ich Yvonne eigentlich gar nicht erzählen wollte, wie meine Mutter war; das Risiko war zu groß, dass ich sie damit in die Flucht schlug. Ich hoffte auf ein Wunder. Dass es einmal anders laufen könnte und Yvonne Gnade vor den Augen meiner Mutter finden würde. Was passieren würde, falls nicht – daran wagte ich gar nicht zu denken.

Meiner Mutter hatte ich ein paar Tage vorher gesagt, dass ich ihr gerne eine Schulkameradin vorstellen wollte. Ich hatte all meinen Mut zusammengenommen und mich auf das Schlimmste gefasst gemacht. Zu meiner Verblüffung hatte sie ziemlich ruhig reagiert.

»So«, hatte sie nur gesagt. »Eine Schulkameradin? Wer ist das denn?«

»Sie heißt Yvonne«, hatte ich geantwortet. »Und sie mag Hunde. Sie möchte gerne unsere Hunde sehen.«

»Ah ja.« Sie hatte genickt und eine Strähne ihres inzwischen stark ergrauten Haars hinters Ohr gesteckt. »Die Hunde.«

»Mama«, hatte ich gesagt. »Ich mag sie gerne. Yvonne, meine ich. Ich – ich würde mich freuen, wenn ihr euch gut verstehen könntet.«

Sie hatte noch einmal genickt. »Nun ja. Einmal muss es ja doch sein. Komm doch mal her zu mir, Adrian.« Ich hatte mich neben sie gesetzt, und sie hatte meinen Kopf an ihre Brust gezogen, wie früher, als ich noch ganz klein war.»Ist sie hübsch?«»Ja«, hatte ich gesagt. Sie hatte mich ein bisschen hin- und hergewiegt.»Du weißt, auch hinter Schönheit kann sich Böses verbergen.« Sie hatte geseufzt und meine Wange gestreichelt.»Es ist eine schwierige, schwierige Zeit. Die Versuchungen des Leibes ... Ach ja. Aber wir kommen da schon durch, Adrian, hab Vertrauen. Zusammen schaffen wir das.«

Yvonne war pünktlich um drei Uhr bei uns. Sie brachte Blumen mit, die sie meiner Mutter wohlerzogen überreichte. Meine Mutter hatte Butterkuchen gebacken und bestand darauf, dass wir eine Tasse Kaffee mit ihr tranken. Ich hatte sehr zögerlich ja gesagt, aber nur unter der Bedingung, dass wir in der Küche saßen. Dort waren die Fenster nicht verhängt, weil die Küche auf der Rückseite des Hauses lag und niemand hineinsehen konnte. Ich hatte keine Lust, Yvonne zu erklären, warum sie ihren Kuchen im Dunkeln auf dem Teller suchen musste.

Ich hatte die Küche vorher noch extra aufgeräumt und den Abwasch gemacht. Der Butterkuchen schmeckte zum Glück erträglich. Yvonne ließ sich sogar ein zweites Stück auftun. Sie plauderte ganz unbefangen mit meiner Mutter, die ihre Rolle vor Außenstehenden wie immer perfekt spielte. Ich war froh, Yvonne nichts über meine Mutter erzählt zu haben; sie hätte mich ja für völlig verrückt erklärt, mich, wohlgemerkt.

Nach dem Kaffee durften wir dann mit den Hunden raus. Meine Mutter gab uns noch den Auftrag, bei der Post vorbeizugehen und ein Paket aufzugeben. Das hat sie auch später oft gemacht, wenn ich mit Yvonne irgendwohin wollte. Irgendetwas dachte sie sich eigentlich immer aus, um das»Händchenhalten« zu unterbinden. Manchmal durfte ich auch gar nicht mit ihr weg, sondern wir mussten stattdessen im Garten arbeiten oder zum Supermarkt einkaufen fahren. Oder Friederike wurde uns als Anstandswauwau mitgegeben.

Nach dem Gang mit den Hunden verabschiedete Yvonne sich höflich und fuhr nach Hause. Der Moment der Wahrheit war gekommen. Ich erwartete das Verdikt meiner Mutter wie ein Urteil auf Leben oder Tod.

»Du hast Recht«, sagte sie. »Hübsch ist sie wirklich.« Sie seufzte. »Eine Dunkelhaarige wäre mir lieber gewesen. Die sind meistens leichter zu durchschauen. Aber ich verstehe, dass sie dir den Kopf verdreht hat.«

»Heißt das …« fing ich an.

Sie lächelte. »Eine muss es ja schließlich irgendwann mal sein. Nur eine Sache, Adrian …« Sie lächelte nicht mehr, und ich erstarrte. »Sie hat eine ziemlich dicke Unterlippe. Hast du das nicht bemerkt?«

»Doch«, sagte ich mühsam. Ich hatte es nicht bemerkt. Und ich wusste auch nicht, was das bedeutete.

»Das heißt: Sie hat nur eins im Kopf. Ficken.« Ich zuckte zusammen, wie immer, wenn meine Mutter ordinäre Worte benutzte. »Sei auf der Hut, Adrian. Lass dir deinen Blick nicht verwirren.«

Drei Jahre lang sahen Yvonne und ich uns beinahe täglich, und für alle anderen muss es so ausgesehen haben, dass wir zusammen waren. Ich hätte mir auch nichts lieber gewünscht, als dass es so einfach gewesen wäre.

Meine Mutter mit ihrer unglaublich feinen Antenne für die Schwingungen zwischen anderen Menschen hatte natürlich sofort erspürt, wie wichtig Yvonne mir war. Ihre Sensoren schlugen Alarm; zum ersten Mal hatte jemand die Abwehrlinien, die sie um mich herum gezogen hatte, durchbrochen und stand nun bedrohlich nahe vor den Toren. So mächtig war dieser Feind, dass sie es nicht wagte, die üblichen Geschütze aufzufahren. Damit ließ sich Yvonne nicht erledigen, das wusste sie.

Nach außen gab sie sich freundlich. Aber sie lauerte. Immer.

Yvonne stand unter ständiger Observation. Ich musste immer darauf achten, eine gewisse Distanz zu ihr zu halten. Wenn ich ihr zu nahe kam, reagierte meine Mutter mit Störfeuer. Plötzlich fielen ihr wieder zig höchst verdächtige Dinge an Yvonne auf. Immer, wenn ich ganz kurz davor war, die letzte Grenze zu überschreiten, musste ich zwei Schritte zurücktreten, um meine Mutter zu besänftigen. Jeden Tag gab sie mir aufs Neue vor, welchen Abstand ich zu halten hatte.

Yvonne verunsicherte dieses ständige Auf und Ab, dieser jähe Wechsel von Höhenflügen und kalter Unnahbarkeit, natürlich völlig. Ich konnte ihr nicht sagen, dass meine Mutter im Hintergrund die Fäden zog, denn dann hätte ich zugeben müssen, dass ich die Marionette war, die daran tanzte. Es war kein Wunder, dass Yvonne die falschen Schlüsse zog und in ihrer Gekränktheit Trost bei anderen Männern suchte. Sie versuchte auch gar nicht, das zu verheimlichen, im Gegenteil, sie tat es ganz offen, als wollte sie, dass ich davon erfuhr. Im Grunde waren ihre Techtelmechtel eine trotzige, verzweifelte Aufforderung an mich, ihr endlich zu sagen, dass ich sie wollte, nichts weiter. Ich verstand das sehr gut und wusste, dass ich ihr nicht grollen durfte. Ich tat es aber trotzdem. Warum musste sie die Zweifel, die meine Mutter immer wieder in mir säte, auf diese Art und Weise nähren. Warum konnte sie nicht stärker sein. Wenn ich es schon nicht war.

Ich sagte meiner Mutter nichts von Yvonnes Eskapaden. Das wäre das endgültige Aus gewesen; meine Mutter hätte sich in all ihren Bedenken bestätigt gefühlt und mich gezwungen, die »Hure« zum Teufel zu jagen. Noch glaubte ich, dass sich alles zum Guten wenden würde, wenn ich nur lange genug durchhielt. Irgendwann, hoffte ich, würde meine Mutter überzeugt sein und Yvonne und mir ihren Segen geben.

4.

Nach dem Abitur begann ich mit dem Studium. Altphilologie mit Schwerpunkt Griechisch. Dahin hatte es mich schon immer gezogen, wahrscheinlich, weil ich mir insgeheim erhoffte, in den Lehren der alten Philosophen irgendetwas zu entdecken, das mir, dem innerlich zerrissenen Menschen, in seiner durch ständige Widersprüchlichkeit bestimmten Lage nützlich sein konnte. Natürlich studierte ich in Hamburg; etwas anderes kam gar nicht in Frage. Ich blieb zu Hause wohnen und fuhr jeden Tag mit dem Zug zur Uni. Im Grunde hatte ich einen anderen Studienort auch gar nicht in Betracht gezogen. Meine Mutter hätte mich nie weggelassen, das wusste ich. Wozu also erneut eine erbitterte Schlacht riskieren, für eine Sache, die mir so wichtig dann auch nicht war. Vielleicht hätte ich das anders gesehen, wenn Yvonne irgendwo anders hingewollt hätte. Aber sie schrieb sich auch in Hamburg ein und pendelte.

Und dann fing die Sache mit den Schafen an.

Kurz vor Weihnachten lasen Yvonne und ich zufällig eine Kleinanzeige in der Wochenzeitung. Ein Bauer bot einen geschlachteten, einjährigen Schafbock zum Verkauf an. Wir beide vermuteten, dass der Bock noch nicht geschlachtet war, sondern erst dann würde dran glauben müssen, wenn ein Käufer gefunden war. Genau so war es auch. Yvonne und ich überredeten den Bauern, uns den Bock lieber lebendig zu verkaufen. Weiß der Teufel, warum; aber wir hatten beide den gleichen Gedanken, das arme Tier, das retten wir, wir beide zusammen.

Wir hatten eigentlich gedacht, dass man den Bock weiterverschenken oder irgendwo für Futtergeld unterstellen könnte. Aber jeder, den wir fragten, hatte schon einen Bock und konnte keinen zweiten gebrauchen. Am Ende pachteten wir in unserer Verzweiflung eine Wiese im Moor, ließen den Bock kastrieren, kauften noch fünf Schafe dazu, bauten einen kleinen Stall und ließen sie dort leben.

Ein halbes Jahr darauf meldete sich der Bauer wieder bei uns. Er wollte sich zur Ruhe setzen und die restlichen dreißig Schafe zum Schlachter bringen, wenn wir sie ihm nicht abnähmen. Ich musste meine Eltern um Hilfe bitten. Tatsächlich unterstützten sie unsere Wahnsinnsaktion begeistert, besessen von Tierliebe, wie sie waren. Auch dann noch, als sich unsere Herde auf siebzig Tiere vergrößerte, weil der Bauer uns verschwiegen hatte, dass etliche der dreißig Schafe, die er uns verkauft hatte, trächtig waren. Wir behielten sie alle. Kein einziges wurde verkauft. Für meine Mutter kamen die Schafe noch aus einem anderen Grund wie gerufen. Ihre Angst vor Beeinflussung durch die Nachbarn hatte sich, seit die systematische Telefonabwehr als Gegenmittel weggefallen war, immer mehr gesteigert. Als uns einmal nachts ein Schaf gestohlen wurde, kam sie auf die Idee, ab sofort jede Nacht im Auto bei der Weide zu verbringen und Wache zu halten. So zumindest wurde es Yvonne gegenüber verkauft. Wir anderen wussten natürlich genau, dass die Diebstahlgefahr nur vorgeschoben war und es meiner Mutter in Wahrheit darum ging, sich der giftigen Gedankenstrahlung unserer Nachbarn zu entziehen, aber wir hielten den Mund und spielten wie immer mit. Yvonne war völlig ahnungslos und erklärte sich sofort bereit, mitzumachen, teils, weil sie wirklich an das glaubte, was meine Mutter da erzählte, teils, weil sie mir nahe sein wollte.

Und so kam es, dass wir zu viert die Schafe beaufsichtigten, jahrelang, Nacht ein, Nacht aus, sommers wie winters, bei Hitze und Frost. Meist war Yvonne dabei. Wenn sie nicht konnte, sprang Friederike ein. Wir hatten einen festen Plan, wer wann wie lange schlafen durfte. Entweder bevor wir losfuhren, meist gegen ein Uhr morgens, oder danach im Auto. Immer nur einer durfte schlafen, die anderen drei hatten wach zu sein. Mehr als zwei, drei Stunden schlief ich in diesen Jahren nie, keine einzige Nacht. Denn morgens, bevor ich zur Uni fuhr, musste ich mich ja auch noch um die Tiere zu Hause kümmern, Futter, Wasser, Gassigehen. Ich nickte bei jeder Gelegenheit ein, in der Bahn, in der Vorlesung, vor dem Fernseher, immer für ein paar Minuten, und rettete mich so irgendwie über den Tag. Wie ich mein Studium überhaupt schaffte, weiß ich im Nachhinein nicht mehr. Es grenzte an ein Wunder.

Dass Yvonne das Schafehüten so mit uns durchzog, ließ sie in der Achtung meiner Mutter steigen, aber ganz gab sie ihr Misstrauen nie auf. Noch immer konnte es vorkommen, dass sie hektisch anfing zu gestikulieren, wenn sie im Schminkspiegel sah, dass Yvonne im Auto mit dem Kopf auf meiner Schulter einschlief, damit ich von ihr abrückte, im wörtlichen wie im übertragenen Sinne. Dann wusste ich, dass sie wieder etwas Verdächtiges wahrgenommen hatte. Vielleicht hatte Yvonne sich in einer Art und Weise den Schuh zugebunden, wie eine böse Lehrerin meiner Mutter es früher immer getan hatte; oder sie hatte auf einem Strohballen gesessen wie Rumpelstilzchen, die Personifikation des Leibhaftigen. Und doch, dank der Schafe fand eine Annäherung statt, langsam, mit gelegentlichen Rückschlägen und viel, viel Gezeter zwar, aber in mir begann die leise Hoffnung zu keimen, dass meine Geduld und Leidensfähigkeit sich letzten Endes doch noch auszahlen würden.

Kurz nach Beginn des siebten Semesters, Mitte November, feierte ich meinen zweiundzwanzigsten Geburtstag im Familienkreis. Dazu war auch Yvonne eingeladen, zum ersten Mal seit drei Jahren. Seit Wochen schon war es sehr ruhig und harmonisch gewesen, Yvonne hatte oft bei uns übernachtet, und es schien mir, als hätte meine Mutter sie als »Schwiegertochter« nun endlich akzeptiert. Und tatsächlich: An diesem Abend hielt meine Mutter eine Riesenüberraschung für mich bereit. Nach dem Essen holte sie die Sektgläser heraus und sagte, wir sollten anstoßen, auf das Geburtstagskind, aber auch noch auf etwas anderes. Niemand konnte sich denken, wovon sie sprach, und während wir alle noch da saßen und rätselten, was sie wohl meinte, kramte sie eine Schachtel hervor und legte sie vor mir auf den Tisch. »Mach auf«, drängte sie. Ich zog mit zitternden Fingern die Schleife auf, die um die Schachtel gebunden war. Darin waren zwei Ringe, breit, schwer und aus Gold, die Verlobungsringe der Eltern meiner Mutter.

Wir weinten, alle, wir strahlten, meine Mutter umarmte mich und Yvonne mehrere Male und wünschte uns alles Glück der Welt. Ich war selig. Nun, dachte ich, würde alles gut werden.

Zwei Wochen später saßen Yvonne und meine Mutter zusammen und machten sich Gedanken über das Hochzeitskleid und die dazu passenden Schuhe. Da fiel meiner Mutter plötzlich ein, dass sie im Keller noch zig Paar Schuhe gehortet hatte, auch »sehr elegante«, wie sie sagte, für diesen Anlass bestimmt geeignete. Sicherlich, meinte sie, könnte Yvonne darunter auch ein Paar für sich finden.

Ich sah, dass Yvonne nicht sonderlich begeistert von dieser Idee war, aber ich warf ihr einen beschwörenden Blick zu, und so fügte sie sich und ging mit meiner Mutter und mir hinunter in den Keller. Dort fingen wir an, in den Schuhen herumzuwühlen. Es waren wirklich ganze Regalladungen von Schuhen, die dort aufgereiht standen und gesichtet werden mussten, darunter auch sehr, sehr grausige, aber Yvonne probierte brav alle an, die meine Mutter ihr vorsetzte.

Ich weiß nicht, wie viele Paare sie schon angezogen hatte, für mich fühlte es sich an wie einige hundert, und keines hatte gepasst, nicht eines; sie waren alle zu groß, Yvonnes Füße versanken darin einfach, was auch nicht weiter verwunderlich war, denn sie hatte allenfalls Schuhgröße 36. Natürlich hätte man das auch einfach konstatieren und die Aktion nach ein, zwei Versuchen einstellen können, wie es jeder vernünftige Mensch getan hätte. Aber wir machten geflissentlich weiter, wie Schauspieler in einem absurden Theaterstück, das weitergespielt werden musste, bis der Vorhang fiel, und wann das war, bestimmte einzig und allein meine Mutter.

Das Ende kam dann sehr abrupt: Meine Mutter rastete von einem Moment auf den anderen total aus. Sie wollte ja so gerne die

Wohltäterin geben, und nun machten ihr Yvonnes gemein winzige Füße einen Strich durch die Rechnung. »Was bist du denn auch für ein Däumling!«, brüllte sie Yvonne an. Im selben Moment fiel hinter ihr ein Einmachglas aus dem Regal und zerbrach mit lautem Knall auf dem Fußboden.

Zwei Stunden später wurde in den Nachrichten berichtet, dass eine russische Aeroflot-Maschine beim Landeanflug verunglückt war und keiner der Insassen überlebt hatte. Für meine Mutter stand fest: Aus Wut über die Betitelung als Däumling hatte Yvonne mit all ihrer bösen Macht nicht nur das Einmachglas, sondern auch noch zeitgleich – »exakt im selben Moment!« – das russische Flugzeug zu Fall gebracht. »Dass du dich von ihr fernhältst, Adrian!«, eiferte sie. »Es tut mir leid für dich, ich wünschte, ich hätte Unrecht gehabt, dieses eine Mal nur, aber du siehst es doch selbst, ein deutlicheres Omen kann es nicht geben!«

Natürlich bekam Yvonne niemals ein Wort davon zu hören, aber es war klar: Meine Mutter hatte den Stab über sie gebrochen. Ich hoffte trotzdem noch immer, dass sie sich wieder beruhigen würde, nach ein paar Wochen vielleicht, und versuchte, Yvonne bis dahin mit fadenscheinigen Ausreden hinzuhalten. Mein Plan schien zu funktionieren. Ende Dezember – Weihnachten war vorbei, ich hatte Yvonne kein frohes Fest wünschen und ihr auch das Geschenk, das ich für sie besorgt hatte, nicht schicken dürfen – deutete meine Mutter schließlich an, dass ich ihr einen Besuch abstatten könnte. Ich ließ mir das nicht zweimal sagen und eilte sofort zu Yvonnes Haus.

Ihre Mutter öffnete mir die Tür, und an ihrer düsteren Miene erkannte ich gleich, dass mich keine guten Nachrichten erwarteten. Ich fragte, ob ich Yvonne sehen könne, und sie antwortete in eisigem Ton, dass Yvonne nicht da sei. Sie sei heute Morgen in den Urlaub gefahren.

»In den Urlaub?«, wiederholte ich ungläubig. »Wohin? Wie lange?«

Eigentlich, sagte Yvonnes Mutter, gehe mich das nichts an, und Yvonne habe ihr auch verboten, mit mir darüber zu sprechen. Aber dann erzählte sie es mir doch, weil sie (wie sie auch ganz ungeniert dazu sagte) fand, dass ich ruhig ordentlich leiden sollte, für all den Kummer, den ich ihrer Tochter zugefügt hatte. »Nach Gran Canaria. Zehn Tage.« Und triumphierend setzte sie noch hinzu: »Und nicht allein.«

Ich ließ Yvonnes Weihnachtsgeschenk bei ihrer Mutter und bat sie, es Yvonne bei ihrer Rückkehr zu übergeben. Dann schleppte ich mich völlig vernichtet nach Hause. Dort angekommen brach ich auf der Türschwelle zusammen. Drei Tage lang weinte ich ununterbrochen. Meine Mutter hielt mich, wiegte mich, tröstete mich.

»Ich habe es dir gesagt, Adrian«, wiederholte sie wieder und wieder. »Nun hast du den Beweis. Sei froh, dass du es noch rechtzeitig gemerkt hast. Stell dir vor, ihr wärt schon verheiratet gewesen. Gott hat noch kurz vorher dazwischen geschlagen, damit du siehst, dass du nun endlich Vernunft annehmen musst.«

Mein Vater, der meinen erbärmlichen Zustand nicht mehr mitansehen konnte, versuchte noch, zu vermitteln, und schlug vor, Yvonne anzurufen und ihr ein Ultimatum zu stellen; wenn sie sofort zurückkäme, könnte man noch einmal über alles reden. Aber meine Mutter wollte nichts davon wissen.

»Es ist aus«, verkündete sie. »Je eher Adrian sich damit abfindet, desto besser.«

Nach zwei Wochen stand Yvonne bei uns vor der Tür und wollte mich sprechen. Meine Mutter erlaubte es nicht. Stattdessen musste mein Vater ihr sagen, dass ich sie nie wieder sehen wolle. Ich saß oben in meinem Zimmer, wie paralysiert, und hörte, wie Yvonne protestierte und flehte; vergeblich. In meiner Brust tobte ein fürchterlicher Kampf. Ich wollte zu Yvonne stürzen, sie an mich reißen und küssen, alles hätte ich ihr in diesem Moment verziehen. Aber die Erkenntnis, dass meine Mutter Recht gehabt und ich ihre von Gott überbrachten Warnungen in den Wind geschlagen hatte, nicht hatte sehen wollen, was doch so offensichtlich war, fraß sich wie ein alles verzehrender Flächenbrand durch mein Herz. Und doch – als Yvonne anfing, unten zu weinen, kam Leben in mich. Ich raffte mich auf, riss mich von meiner Mutter los, die versuchte, mich zurückzuhalten, und torkelte zur Tür.

Ich war schon halb die Treppe runter, als meine Mutter oben vom Treppenabsatz aus hinter mir her brüllte.

»Wenn du jetzt gehst«, schrie sie, »wirst du das dein Leben lang bereuen! Gott wird dich strafen, Adrian, wenn du jetzt nicht das Richtige tust!«

Ich ging nicht; ich ließ Yvonne abziehen. Auch die Briefe, die sie mir danach hin und wieder noch schrieb, las ich nicht. Sie wanderten ungeöffnet zusammen mit allen Geschenken, die Yvonne mir je gemacht hatte, in einen Müllsack, der dann in einer feierlichen Zeremonie entsorgt wurde. Meine Eltern änderten sogar unsere Telefonnummer, damit Yvonne nicht mehr anrufen – mich nicht mehr »stalken« – konnte.

Und das war das Ende meiner großen Liebe.

5.

Drei Jahre lang, bis zu meinem Examen, ging alles seinen gewohnten Gang. Ich fuhr nach Hamburg und sofort nach Ende meiner Lehrveranstaltungen mit der nächsten Bahn nach Hause; ich betreute die Tiere, deren Anzahl stetig und unaufhaltsam weiter anwuchs; ich hielt nachts mit meinen Eltern und Friederike Wache bei den Schafen, obwohl wir in all der Zeit niemals auch nur eine Menschenseele in der Nähe der Weide zu Gesicht bekommen hatten, abgesehen von zwei Polizisten, die unser Auto bemerkt hatten und sich vergewissern wollten, dass wir keine unlauteren Absichten in Bezug auf die Schafe hegten. Äußerlich war alles wie immer; als hätte es nie eine Yvonne in meinem Leben gegeben. Ihre Spuren waren getilgt, niemand sprach mehr über meinen »Ausrutscher«, man ging davon aus, dass ich meine Lektion gelernt hatte. Damit hätte es gut sein sollen.

Und dennoch war Yvonne ein Schmerz, der nicht verging. Es gab keinen Tag, an dem ich nicht an sie dachte, auch, wenn ich nie versuchte, wieder in Kontakt mit ihr zu treten. Ich hatte auf sie vertraut, alles für sie riskiert, nur um am Ende feststellen zu müssen, dass sie genauso »verdorben« war wie der Rest der Welt da draußen. Diese Enttäuschung saß zu tief, wie ein im Fuß eingewachsener Splitter. Immer, wenn ich an sie dachte, wünschte ich, sie vergessen zu können. Aber davon konnte keine Rede sein. Wenn ich mir jemals eingebildet hatte, über Yvonne hinweg zu sein, wurde ich spätestens dann brutal eines Besseren belehrt, als mir eine gedankenlos daherschwatzende frühere Schulkameradin, die ich zufällig traf, erzählte, dass Yvonne vor kurzem geheiratet hatte, »ganz romantisch in Weiß, mit Kutsche und allem Drum und Dran, eine Traumhochzeit«, und ein Baby unterwegs war. Diese Nachricht warf mich derart aus der Bahn, dass ich mir mehrere Tage lang die Seele aus dem Leib kotzte.

Und noch etwas führte mir unmissverständlich vor Augen, wie fixiert ich noch immer auf Yvonne war. Damit Frauen meines Alters in meiner Umgebung mich erotisch ansprachen, mussten sie Yvonne äußerlich ähnlich sehen; je größer die Ähnlichkeit, desto stärker reagierte ich auf sie. Lange war mir das nicht einmal bewusst, bis zu dem Tag, an dem ich diese Mitstudentin in einem Seminar bemerkte, gleich bei der allerersten Sitzung. Ich kannte sie nicht, wusste nicht einmal ihren Namen, aber ich war sofort »verliebt« in sie. Und dann fiel es mir wie Schuppen von den Augen. Dasselbe kindlich-weiche Gesicht, dieselbe zierliche Figur und vor allem dasselbe lange, honigblonde Haar. Ich erschrak sehr darüber. Was war aus mir geworden? War ich nun für den Rest meines Lebens »konditioniert«, dazu verdammt, zu sabbern wie ein Pawlowscher Hund, sobald mir eine Frau über den Weg lief, die gewisse körperliche Merkmale mit meiner Exfreundin gemeinsam hatte? Ich war beinahe erleichtert, als ich das Mädchen aus dem Seminar wenige Tage später Hand in Hand mit ihrem Freund sah. Sonst hätte ich womöglich doch noch versucht, mich bei der Verteilung der Referate irgendwie in ihre Gruppe zu mogeln. Besser war es, dass diese Möglichkeit damit von vornherein ausschied und ich gar nicht erst in Versuchung kam. Was meine Mutter zu dieser Doppelgängerin gesagt hätte, mochte ich mir gar nicht ausmalen.

Nach den bestandenen Abschlussprüfungen beschloss ich, eine Promotion dranzuhängen. Introvertiert, chronisch verunsichert und unzugänglich, wie ich nun einmal war, schien mir eine akademische Laufbahn, bei der ich weit mehr mit Büchern als mit Menschen zu tun hatte, noch das Erträglichste zu sein. Im Grunde hatte ich mein weiteres Dasein ganz darauf ausgerichtet, mich mit den vorgegebenen Zwängen abzufinden, wie jemand, der in einem viel zu kleinen Kämmerchen eingesperrt ist, weiß, dass er da niemals herauskommen wird, und daher versucht, die Position zu finden, die am wenigsten schmerzt.

Ich muss etwa siebenundzwanzig gewesen sein, als dann doch noch etwas völlig Unvorhergesehenes geschah. Um bei dem Bild des Eingesperrten zu bleiben: So, wie der sich fühlen musste, wenn nach jahrelanger Einzelhaft vor seinem Kämmerchen plötzlich jemand mit Schlüsseln rasselt, so fühlte auch ich mich, als ich Min-sun begegnete.

Min-sun kam aus Korea und war seit einigen Monaten Lektorin am Institut für Koreanistik, als wir eines Tages anlässlich eines Papierstaus im Kopierer, den ich ihr zu beheben half, ins Gespräch kamen. Ich erwähnte den kleinen Privatzoo, den wir uns zu Hause hielten. Das fand sie interessant und sagte, dass sie sich den gerne einmal anschauen würde.

Min-sun sah Yvonne natürlich nicht ähnlich, und wie ich es hatte kommen sehen, verspürte ich keinerlei Verlangen danach, mich ihr körperlich zu nähern. Sie war mir sympathisch, mehr aber auch nicht. Aber um ehrlich zu sein, war mir das damals egal. Mit Liebe oder auch nur Begehren hatte ich abgeschlossen; das hatte Yvonne für mich verkörpert, und für keine andere Frau, davon war ich überzeugt, würde ich jemals wieder so empfinden können. Aber hier war die winzige Chance, zumindest doch noch jemanden »abzubekommen«, und sei es auch nur einen Kameraden, der mir bei der Flucht aus meinem Kämmerchen helfen würde. Wer das war, spielte eigentlich überhaupt keine Rolle mehr. Min-suns Vorzug bestand gerade darin, dass sie mit Yvonne nicht das allerkleinste Bisschen gemein hatte. Denn ich wusste, sie würde mich nie so verletzen können, wie die verfluchte Yvonne es getan hatte.

Und so lud ich Min-sun ohne weitere Umstände zu uns nach Hause ein. Bei ihr war es mir auch egal, ob sie das eine oder andere seltsam finden würde. Sie würde es sowieso akzeptieren müssen, wenn sie mit mir zusammen sein wollte, und wenn sie das nicht hinkriegte, sagte ich mir, war es ohnehin sinnlos und noch zu verschmerzen.

Min-suns Besuch verlief überraschenderweise ganz unproblematisch. Mit ihrer asiatisch-höflichen Art bot sie meiner Mutter keine Reibungsfläche, und ihre offenkundige Tierliebe nahm meine Eltern für sie ein. Abends, als Min-sun wieder weg war, konnte meine Mutter sie gar nicht genug loben. Nicht nur, dass sie dunkelhaarig war; sie erinnerte sie auch an eine »gute Figur« aus ihrer Kindheit. Genau wie ich erwartet hatte, sprach die absolute Nichtähnlichkeit zu Yvonne stark zu ihren Gunsten.

Ich beschloss, diesmal nicht abzuwarten, bis das übliche Hickhack wieder einsetzte, sondern meine Mutter vor vollendete Tatsachen zu stellen. Und so kam es, dass ich Min-sun nach diesem einen Besuch bei uns zu Hause fragte, ob sie sich mit mir verloben wollte. Dieser Antrag war so abstrus, dass ich über Min-suns Antwort (die »ja« lautete) schon gar nicht mehr erstaunt war.

Binnen drei Tagen nach unserer ersten Verabredung waren wir verlobt; fünf Monate danach heirateten wir.

Ich hatte richtig gelegen. Schon nach sehr kurzer Zeit war es vorbei mit der Begeisterung meiner Mutter. Diesmal war es sogar noch extremer als damals bei Yvonne. Min-sun schlug der blanke Hass entgegen. Meine Mutter feuerte aus allen Rohren, um mich dazu zu bewegen, die Verlobung wieder zu lösen. Alles an Min-sun, was vor kurzem noch so für sie gesprochen hatte, war nun wieder der Inbegriff an Niedertracht und Heimtücke. Aber diesmal wollte ich nicht umfallen, um keinen Preis. Jetzt oder nie; das war meine Durchhalteparole. Und da ich nicht wusste, wie lange ich dem Frontalangriff, den meine Mutter auf mich gestartet hatte, würde standhalten können, drängte ich Min-sun umso entschlossener, möglichst schnell zu heiraten.

Mit der Hochzeit hatte ich einen Etappensieg errungen. Min-sun war meine Frau, daran gab es nichts mehr zu rütteln, das war auch meiner Mutter klar. Nun verlegte sie sich darauf, ihre Schwiegertochter unter ihr Zepter zu bekommen. Wie immer wählte sie den indirekten Weg, indem sie an mich heranging. Sie drängte mich, Min-sun zu »erziehen«, ihr »Respekt« beizubringen und sie allen schädlichen Einflüssen zu entziehen, sprich: Sie dazu zu bringen, ihren eigenen Eltern, ihrer Herkunftskultur, ihrer Religion abzuschwören.

Und ich … ich schaffte es noch immer nicht, meine Mutter in ihre Schranken zu weisen. Alles, was ich ihr entgegenhielt, war halbherzig: Dass Min-sun unsere Kultur einfach noch nicht gut genug kannte, sie bestimmt gar nicht beabsichtige, sich respektlos zu verhalten und man doch verstehen müsse, dass sie ihre Wurzeln nicht von heute auf morgen kappen könne. Ich beging Verrat an meiner Frau mit meinen feigen Beschwichtigungen. Das Schlimmste aber war, dass ich, obwohl mich die irrsinnigen Forderungen meiner Mutter abstießen, doch noch immer versuchte, es ihr rechtzumachen. Und so setzte ich Min-sun verbissen zu, drängte sie, ihren Part zu spielen, meine Eltern zu akzeptieren und in ihnen die guten Menschen zu sehen. Noch heute schäme ich mich, wenn ich daran zurückdenke, wie ich Min-sun in die

Mangel nahm, mit all diesen gemeinen Manipulationsstrategien, die ich selbst ja von klein auf am eigenen Leib hatte erfahren dürfen, manchmal, bis sie anfing zu weinen. Einmal stritten wir uns heftig, worum es genau ging, weiß ich nicht mehr, und ich fuhr sie an, warum sie nicht einfach mitmachen könne, sie solle sich nicht so anstellen, ich kriegte es doch auch hin, warum sie dann nicht. Sie hatte mich nur angeschaut, mit Tränen in den Augen, und leise gesagt: »Nicht brüllen, Adrian. Du kannst mir alles sagen, aber bitte brüll nicht. Nicht wie deine Mutter.«

Die ersten Monate meiner Ehe waren für mich eine einzige Höchststrapaze. Ich war in Min-suns kleine Hamburger Wohnung mit eingezogen, aber noch immer verlangte meine Mutter, dass ich nachts die Schafe hüten kam. Sie schenkte mir sogar ein Auto, einen alten Volvo, mit dem ich nachts von Hamburg aus zur Weide fahren konnte. Nach der Uni verbrachte ich den Abend mit Min-sun in ihrer Wohnung, um dann, meist nach Mitternacht, wenn sie schlief, in den Wagen zu steigen und mich auf den Weg zu den Schafen zu machen. Eine Dreiviertelstunde dauerte die Fahrt. Manchmal schlief ich ein wenig zu Hause, bevor ich aufbrach, oder im Auto, wenn ich nicht mit Füttern und Wasserauffüllen dran war. Gegen fünf Uhr früh fuhr ich dann zurück, sodass ich rechtzeitig zum Frühstück wieder in der Wohnung war. Ich wusste, dass ich das nicht mehr sehr viel länger durchhalten würde, und betete um eine Lösung, bald, nur bald.

Und diese Lösung kam tatsächlich. Vor einiger Zeit hatte ich mich mit dem Doktortitel in der Tasche um eine Stelle an verschiedenen Universitäten beworben, auch in Süddeutschland, und meiner Mutter erklärt, dass die Stellen so rar gesät waren, dass ich meinen Suchradius einfach erweitern musste, wenn ich nicht ohne Arbeit dasitzen wollte. Zu meiner großen Überraschung bekam ich tatsächlich ein Angebot aus Bamberg in Bayern. Zum Wintersemester konnte ich anfangen.

Min-sun fiel mir vor Freude um den Hals, als ich ihr die frohe

Botschaft überbrachte. »Heißt das, du bist einverstanden?«, fragte ich. »Auch, wenn das bedeutet, dass du deine Stelle an der Uni aufgeben musst?« Das sei ihr egal, versicherte sie mir. Überall würde sie mit mir hingehen, sie werde schon etwas anderes finden, irgendetwas; wenn wir nur dieser Hölle entfliehen könnten.

6.

Fast sechshundert Kilometer hatten wir mit unserem Umzug nach Bamberg zwischen meine Eltern und uns gelegt. Aber unsere Hoffnung, der Hölle entflohen zu sein, stellte sich umgehend als naiv heraus.

Im Grunde zeigte sich jetzt nur umso deutlicher, wie abhängig ich tatsächlich immer noch von der Gunst meiner Mutter war. Jeder Schritt, den ich in Bamberg tat, war meiner Mutter bekannt, über jeden Atemzug legte ich Rechenschaft ab. Nichts hatte sich verändert durch die räumliche Distanz. Sie war in meinem Leben präsent wie eh und je.

Ich telefonierte mehrmals täglich mit ihr, das erste Mal noch vor dem Frühstück. Ich wünschte ihr einen guten Morgen, fragte sie nach ihren Plänen für den Tag, wie es den Tieren ging, und erzählte ihr haarklein, was bei uns anlag. Wenn ich in meinem Büro an der Uni angekommen war, klingelte ich kurz bei ihr durch. Dann telefonierten wir natürlich abends, und wenn etwas Unvorhergesehenes passierte, auch zwischendurch noch einmal. Und wenn ich bei einem dieser Gespräche den Eindruck hatte, den »Guter-Sohn«-Tonfall auch nur um eine winzige Nuance verfehlt zu haben (meine Antennen waren mindestens ebenso fein wie die meiner Mutter), quälte mich das schlechte Gewissen derart, dass ich unter irgendeinem Vorwand noch einmal anrief, bis ich das Gefühl hatte, dass jede Dissonanz zwischen uns nun wieder ausgeglichen war. Erst dann konnte ich beruhigt schlafen gehen. Apropos Schlafen ... Auch hier in Bamberg gelang es mir nur sehr selten, mehr als zwei, drei Stunden am Stück zu schlafen. Ganz abgesehen davon, dass das neben meinem Bett platzierte Faxgerät sehr häufig mitten in der Nacht losratterte und lange Faxe ausspuckte, in denen meine Mutter mir heftige Vorwürfe machte, weil es einem Schaf schlecht ging, einer der »Bösen« ihr wieder Ärger machte und ich sie mit all dem allein gelassen hatte. Das riss mich zuverlässig auch aus dem tiefsten Schlaf.

Jeden Urlaub verbrachten wir bei meinen Eltern, vom ersten bis zum letzten Tag. Etwas anderes kam gar nicht in Frage. Für meine Mutter nicht und für mich auch nicht. Einmal schlug Min-sun ganz schüchtern vor, dass wir doch einmal ihre Eltern in Korea besuchen könnten, die sich sehr freuen würden, mich kennen zu lernen. Ich war ernsthaft erstaunt, dass sie es überhaupt wagte, an so etwas auch nur zu denken. Ihre Eltern konnten doch zu Besuch kommen, jederzeit, außerhalb der Urlaubszeiten. Oder sie konnte alleine fliegen. Ich musste schließlich zu meinen Eltern.

Ich habe an sich vermeiden wollen, das Wort »müssen« zu benutzen, denn natürlich »musste« ich gar nichts. Sicher, meine Mutter forderte all das von mir, wie selbstverständlich, wie sie es immer getan hatte, und jetzt erst recht, das war ja wohl das Mindeste, wenn ich schon die Herzlosigkeit hatte, wegzuziehen. Die Versuchung, sich zum willenlosen Opfer zu stilisieren, ist immer groß, und es ist nur menschlich, dass ich ihr nicht immer widerstehen kann. Aber ich war nicht mehr der kleine, meiner Mutter hilflos ausgelieferte Junge, der ich mit acht noch gewesen war. Ich war achtundzwanzig. Ich hatte eine Frau, die meinetwegen einen attraktiven Job aufgegeben hatte. Wir wollten zusammen eine Familie gründen. Nein, da gibt es nichts schönzureden; ich spulte weiterhin das Programm ab, auf das ich konditioniert war, nur dass jetzt eben auch noch jemand anders – Min-sun – darunter litt.

Und sie litt, klaglos meistens; wie sehr, ist mir erst im Nachhinein richtig klar geworden. Damals wollte ich ihre stummen Zeichen nicht sehen. Es war bequemer so für mich, der Weg des geringeren Widerstands. Lieber tat ich ihr weh, als mich gegen meine Mutter zu stellen.

Besonders rücksichtslos sprang ich mit Min-sun um, als es um die Sache mit dem Hof ging.

Meine Eltern verkündeten mir eines Tages, dass sie sich auf die Suche nach einem Bauernhof machen würden, und zwar in unserer Nähe, um mit allen Tieren nachkommen zu können. Jahrelang durchforstete mein Vater das Internet nach geeigneten Objekten. Min-sun und ich mussten dann am Wochenende auf Besichtigungstour gehen.

Ich wusste, dass diese Unternehmen für Min-sun der blanke Horror waren. Der Gedanke, meine Mutter sozusagen vor der Haustür zu haben, brachte sie an den Rand der Verzweiflung, so sehr, dass sie ihre übliche Zurückhaltung aufgab und mich anflehte, mich dafür nicht herzugeben. Das war eine der Gelegenheiten, bei denen ich mich ihr gegenüber besonders grausam verhielt und sie mit dem Totschlagargument zum Schweigen brachte, sie wolle doch wohl nicht verantwortlich dafür sein, dass unsere Familie sich entzweie.

Mein Vater schickte uns also los, wir trottelten folgsam hin, sahen uns die Höfe an, und ich erstattete Bericht, wobei ich sorgfältig darauf achtete, mich nicht zu weit von der Wahrheit zu entfernen, damit meine Mutter nicht etwa den Verdacht entwickelte, ich wollte sie hier nicht haben. Volle sieben Jahre lang dauerte diese Zitterpartie. Dann endlich kam die erlösende Nachricht: Meine Eltern hatten den perfekten Hof gefunden, etwa fünfzig Kilometer von unserer Heimatstadt entfernt.

Zwei Monate später passierte das, womit Min-sun und ich schon gar nicht mehr gerechnet hatten: Sie wurde schwanger. Jetzt, wo feststand, dass sie unser Kind dieser Großmutter nicht würde aussetzen müssen.

Schon nach meinem Wegzug war die Tierhaltung bei uns nach und nach pathologisch ausgeufert. Dutzende von Tieren – kranke, infolge von Inzucht degenerierte, angeblich von ihren Müttern verstoßene Lämmer, auf der Straße gefundene Vögel, verletzte Igel, nicht vermittelbare Tierheimhunde und -katzen – vegetierten im Hause meiner Eltern versteckt vor der Nachbarschaft dahin. Wenn meine Mutter so ein Tier einmal in den Klauen hatte, ließ sie es nie wieder los, auch wenn es längst ausgewachsen oder wiederhergestellt war. Bis zum bitteren Ende musste es sich dann in einer viel zu engen Behausung im Halbdunkel quälen.

Bei Min-suns und meinem letzten gemeinsamen Besuch vor etwa zwei Jahren hatten wir in meinem damaligen Kinderzimmer zwölf Schafe vorgefunden, allesamt ehemalige Lämmer, die meine Mutter ins Haus geschleppt hatte. Sie wurden offenbar nie geschoren und standen in ihrer dicken Wolle derart gequetscht, dass sie sich nicht mehr bewegen konnten. Eines von ihnen hatte beide Vorderbeine gebrochen, ein anderes hatte eine schwärende Wunde. Es herrschte ein erbärmlicher Gestank (gelüftet werden durfte natürlich nicht, die Nachbarn sollten ja nichts hören), der Luftraum über den Schafen war schwarz von Fliegen, und überall huschten Ratten durchs Haus. Min-sun fing an zu weinen vor Ekel und weigerte sich, in diesem Haus zu bleiben. Ich sagte meiner Mutter, dass wir uns wohl ein Hotelzimmer nehmen müssten, weil schlicht kein Platz mehr für uns vorhanden war.

Es folgte eine Szene, die selbst mich, der ja einiges gewohnt war, bis aufs Mark erschütterte. Nicht nur Min-sun, auch ich wurde völlig niedergemacht. Irgendwann blieb uns nichts anderes mehr übrig, als Hals über Kopf zu fliehen, verfolgt von den uns hinterhergellenden Flüchen meiner Mutter. Nach diesem Auftritt erklärte Min-sun mir, dass sie lieber sterben würde, als noch einmal mit zu meinen Eltern zu fahren. Ich akzeptierte ihre Weigerung widerspruchslos, aber auch nur deswegen, weil auch meine Mutter ganz unmissverständlich klar gemacht hatte, dass sie meine Frau nie mehr zu sehen wünschte und es insofern keinen Konflikt gab, als ich ja nur ihrem Gebot entsprach, wenn Min-sun zu Hause blieb. Wer weiß, was ich sonst versucht hätte, um sie doch wieder umzustimmen.

Nun, da meine Eltern auf ihren Hof zogen, nahm ich mir frei, um ihnen behilflich zu sein. Min-sun war im sechsten Monat schwanger und wollte die Gelegenheit nutzen, noch einmal zu ihren Eltern nach Korea zu fliegen. Und so brachte ich sie zum Flughafen und machte mich auf den Weg zum Hof meiner Eltern. Ich war fünfunddreißig, ich hatte vor ein paar Wochen den Film gesehen. Ich wusste nun, dass meine Mutter psychisch krank war. Ich hatte ein unbestimmtes, halb hoffnungsvolles, halb beunruhigendes Gefühl, dass dieser Besuch eine Veränderung bringen könnte.

Ich war nicht ahnungslos. Aber dennoch völlig unvorbereitet auf das, was mich erwartete.

7.

Ich hielt auf dem Hof und hatte noch nicht einmal den Zündschlüssel umgedreht, als ich auch schon Zeuge eines Gewaltausbruchs meiner Mutter gegen meinen Vater wurde, so heftig, wie ich ihn noch nie zuvor erlebt hatte. Er kam aus der Scheune gerannt, mit den Armen versuchte er, seinen Kopf zu schützen, sie hinter ihm her, brüllend und rasend vor Wut, in der Hand hielt sie einen Dreschflegel, mit dem sie auf ihn einschlug, wo sie ihn gerade traf. Ich sah, wie er strauchelte, auf das Kopfsteinpflaster fiel und sie sich anschickte, auf ihn einzuprügeln. Mit drei Sätzen war ich aus meinem VW-Bus heraus, bei ihr und wand ihr den Dreschflegel aus der Hand.

»Hörst du auf, du Wahnsinnige!«, schrie ich sie an, warf das Ding zu Boden und trampelte darauf herum. »Jetzt ist mal Schluss damit!«

Meine Mutter stand wie erstarrt da und stierte mich mit offenem Mund an. Mein Vater rappelte sich vom Boden hoch, klopfte sich den Schmutz von der Jacke und hob die Hand, als wolle er mich schlagen.

»Adrian!«, krächzte er. »Was fällt dir ein? Wie kannst du es wagen, so mit deiner Mutter zu reden?«

Ich stieß seine Hand weg. »Was ist los mit dir, Papa?«, fuhr ich ihn an. Ich war wie von Sinnen; noch vor wenigen Minuten hätte ich nicht gedacht, dass ich den Mut haben würde, so gegen meine Eltern anzugehen. Aber ich spürte, dass ein Damm für immer gebrochen und die Flut nicht mehr aufzuhalten war. »Wie kannst du zulassen, dass sie so mit dir umspringt?«

Mein Vater und ich starrten uns stumm an, und ich sah, wie er um Fassung rang. Meine Mutter legte ihm die Hand auf seinen noch immer erhobenen Arm, den er sinken ließ. Dann wandte sie sich um und ging ins Haus, ohne irgendetwas zu sagen.

Wir beide, mein Vater und ich, waren so baff, dass wir ihr nur hinterherglotzten. Alles hätten wir erwartet, alles, aber nicht diesen widerwortelosen, stillen Abgang. Dann standen wir einen Moment verlegen herum und wussten nicht, was wir sagen oder tun sollten. Für uns beide war dies eine völlig neue, ungewohnte Situation.

»Warum«, begann ich schließlich, »lässt du das mit dir machen? Warum?«

»Adrian …« setzte er an, aber er schien keine Kraft zu haben, weiterzusprechen. Er sah elend aus.

»All diese Jahre … Papa … Warum? Du bist ein kluger, belesener Mann. Du musst doch gemerkt haben, was mit Mama los ist!«

»Was soll das heißen, was mit Mama los ist?« Er hatte sich ein wenig gefangen und nahm die übliche Verteidigungsstellung ein.

»Mama ist psychisch krank.« Ich sagte es so ruhig wie möglich. »Und du weißt das. Ich weiß nicht, wie lange schon. Aber du weißt es.«

»Unsinn!« Mein Vater war sehr rot im Gesicht geworden. »Wer hat dir das denn eingeredet, deine Frau vielleicht?«

»Halt Min-sun da raus, Papa.« Min-sun hatte sofort gewusst, wie es um meine Mutter stand, aber sie hatte nie ein Wort gesagt, aus Angst, mich gegen sie aufzubringen, immer hoffend, ich würde es schließlich und endlich von selbst erkennen. »Sie hat genug unter Mama gelitten ... Wir alle. Sie braucht Hilfe.«

»Wir brauchen keine Hilfe.« Er hatte sich wieder voll unter Kontrolle und war ganz der alte, souverän, unangreifbar. »Du solltest das zurücknehmen, Adrian. Deiner Mutter geht es gut. Vielleicht habe ich sie provoziert, sie ist manchmal etwas reizbar, etwas impulsiv, es ist eine Menge Stress, dieser Umzug, ich habe mich nicht adäquat verhalten ...«

»Ich nehme es nicht zurück«, sagte ich mit fester Stimme. »Ich bleibe dabei, sie ist krank und braucht professionelle Hilfe.«

»Meinst du nicht, deine Schwester hätte bemerkt, wenn dem so wäre?« Er hob den Dreschflegel auf und wandte sich zum Gehen. »Immerhin hat sie Psychologie studiert. Frag sie doch, was sie dazu meint.«

Friederike, meine kleine Schwester, war mittlerweile dreißig und lebte noch immer bei meinen Eltern. Nach dem Abitur hatte sie ein paar Semester Klavier in Hamburg studiert, aber nie genug Zeit zum Üben gehabt und letztendlich aufgeben müssen. »Es war einfach nicht das Richtige für sie«, hatte meine Mutter damals erklärt. In Wahrheit waren es ihre vielen häuslichen Pflichten und die Versorgung der riesigen Tierschar gewesen, die Friederike immer mehr erdrückt hatten. Vor allem nach meinem Auszug war alles an ihr hängen geblieben.

Meine Schwester hatte es viel härter getroffen als mich. Die wenigen Freiheiten, die ich immerhin noch gehabt hatte, waren ihr auch noch genommen worden. Sie durfte keinen Schritt mehr alleine tun. Auch zur Musikhochschule hatten meine Eltern sie immer mit dem Auto gebracht, als ob sie befürchteten, dass Friederike sich eines Tages heimlich absetzen würde. Nach dem gescheiterten Klavierstudium hatte sie mit Psychologie angefangen. Per Fernstudium. Ich war entsetzt, als ich davon hörte. Friederike war ja ohnehin schon so isoliert von allem. Nun brauchte sie das Haus überhaupt nicht mehr zu verlassen, nur noch nachts, wenn sie mit meinen Eltern zur Weide fuhr, um die Schafe zu beaufsichtigen. Und obwohl dieses Studium berufsbegleitend ausgerichtet war, brauchte sie ewig dafür, weil die vielen Aufgaben, die meine Eltern ihr aufbürdeten, sie schlicht auffraßen. Sieben Jahre hatte es gedauert, bis sie endlich ihren Abschluss in der Tasche hatte. Selbstverständlich musste Friederike mit auf den Hof ziehen, so, wie ein Leibeigener dem Herrn zu folgen hat. Nun saß sie endgültig in der Falle, denn der Hof lag weit draußen, noch einmal einige Kilometer vom nächsten Ort entfernt. Es gab nicht einmal Nachbarn, die ihre verzweifelten Notsignale bemerken würden (wer wusste schon, was meinen Eltern noch so einfallen würde, ich konnte mir da so manches ausmalen), wäre sie jemals in der Lage, sie geben zu müssen.

Wir saßen oben in ihrem Zimmer und tranken Tee, und ich fragte sie, wie es ihr damit eigentlich gehe.

Sie zuckte die Schultern.

»Warum suchst du dir nicht einen Job?«, bohrte ich nach. »Du musst doch hier raus.«

Sie lächelte resigniert. »Glaubst du wirklich, das ist realistisch?«

»Warum nicht?«, beharrte ich. »Du kannst doch im Internet schauen und dich auf Stellen bewerben.«

»Und dann?« Sie sah mich mit traurigen Augen an. »Wie soll das denn gehen? Ich habe kein eigenes Geld und ich komme hier nicht weg, wenn sie mir nicht helfen. Soll ich mir das Auto schnappen und damit zu einem Vorstellungsgespräch fahren?« Sie lachte müde. »Ich habe ja nicht mal einen Führerschein.«

Ich beschloss, es andersherum zu versuchen. »Was hältst du eigentlich von Mamas geistigem Zustand?«, wollte ich wissen.

Friederike zuckte zusammen.

»Wie meinst du das?«, fragte sie alarmiert.

»Hältst du sie für psychisch gesund? Du bist doch die Expertin.«

»Aber ja!« Friederike faltete ihre Hände nervös auf und zu. »Sicher, sie ist manchmal – exaltiert – anstrengend – aber alles noch im grünen Bereich … Warum fragst du mich das?«

»Weil ich glaube, dass sie es nicht ist. Im grünen Bereich, meine ich.«

»Ich will nichts davon hören, Adrian.« Friederike schüttelte vehement den Kopf. »Was soll das? Was rührst du da auf?«

»Was heißt hier aufrühren?«, entgegnete ich heftig. »Hör dich doch mal selbst reden. Du bist dreißig und wirst wie eine Haussklavin gehalten.«

»Jetzt übertreib mal nicht.« Die Teetasse in Friederikes Hand zitterte leicht, und ich meinte zu sehen, dass ihre Augen feucht geworden waren. Aber sie riss sich zusammen. Ja, das konnten wir, wir beide, das hatten wir gelernt. »Und selbst wenn sie es nicht wäre – psychisch gesund – was könnte ich schon tun? Sie zwangseinweisen lassen? Vergiss nicht, ich bin es, die mit ihr zusammenleben muss. Du bist fein raus da unten in deinem Bamberg. Und nun genug davon, das führt doch zu nichts.« Sie setzte die Tasse ab, stand auf, griff nach ihrer Handtasche und fischte einen Zettel aus dem Seitenfach. »Bevor ich es vergessen. Ich habe da noch etwas für dich.« Sie drückte mir einen Zettel in die Hand. Darauf stand eine Handynummer.

Mich packte eine plötzliche Vorahnung, die mir fast den Atem nahm.

»Was ist das für eine Nummer?«, presste ich hervor.

»Sag bloß, das kannst du nicht erraten.« Friederike lächelte. »Sie war einmal bei uns zu Hause, vor ein paar Monaten. Als Mama und Papa nicht da waren. Sie wollte dich sehen. Sie hat mir ihre Nummer da gelassen.« Sie schloss meine Finger um den in meiner Handfläche zitternden Zettel. »Ich habe das getan, worum sie mich gebeten hat. Deine Sache, was du damit anfängst.«

Eine ganze Woche lang arbeitete ich auf dem Hof meiner Eltern, von morgens bis abends, strich Wände, baute Ställe und Verschläge, zog Zäune hoch und grub den Garten um. Es war unheimlich viel zu tun.

Meine Mutter bekam ich die ganze Woche über nicht mehr zu Gesicht. Mein Vater und sie waren vollauf damit beschäftigt, all die Tiere aus dem Haus hierher zu holen, eins nach dem anderen, und daher fast immer unterwegs. Aber das war es nicht. Einmal sah ich sie schnell hinter eine Tür huschen, als ich die Treppe hochgehen wollte, und bei den Mahlzeiten war sie nicht anwesend. Sie ging mir aus dem Weg, ganz offensichtlich.

Mir war natürlich klar, dass das, was ich getan hatte, etwas ganz und gar Unerhörtes war, ein Akt der Rebellion, der die in unserer Familie seit Jahrzehnten fest etablierten Herrschaftsverhältnisse schlagartig auf den Kopf gestellt hatte. Dennoch verblüffte mich dieser totale Rückzug meiner Mutter. War sie gekränkt? Warum strafte sie mich dann nicht, so wie sie es sonst doch immer getan hatte? War sie verunsichert? Hatte sie womöglich (ein ungeheuerlicher Gedanke!) sogar Angst vor mir?

Vielleicht hätte ich unter anderen Umständen weit mehr darüber herumgegrübelt, wohl auch überlegt, was ich tun konnte, um das Ganze wieder einzurenken, aber die Umstände hatten sich nun einmal geändert, unwiderruflich. Aber es war nicht nur das. Die ganze Zeit über hallte nur eine einzige Frage in meinem Kopf wider, die mein ganzes Denken völlig in Beschlag nahm: Wollte, sollte, durfte ich Yvonne anrufen? Nach vierzehn Jahren und all dem, was zwischen uns gewesen war?

Als ich mich am Samstagmorgen verabschiedete, war ich noch immer unschlüssig. Ich wartete auf einen Fingerzeig, der mir den Weg weisen würde. Vielleicht von Gott; von meiner Mutter jedenfalls nicht mehr.

Friederike umarmte mich lang, als wollte sie mich gar nicht wieder loslassen. »Tu das Richtige«, flüsterte sie mir ins Ohr. Mein Vater gab mir kühl die Hand und wünschte mir eine gute Reise.

Meine Mutter ließ sich nicht blicken, als ich meine Sachen in den Bus lud. Mir war, als sähe ich eine Bewegung hinter der Gardine vor dem Küchenfenster. Dort stand sie also und beobachtete meine Abreise.

Ich glaube, es war dieser Moment, in dem ich meine Entscheidung traf. Ich würde Yvonne anrufen. Nichts, was meine Mutter jemals über sie gesagt hatte, würde mich jetzt noch abhalten, sie wiederzusehen. Weder sie noch irgendeinen anderen Menschen.

8.

Als der Hof um die Kurve verschwunden war, fuhr ich rechts an den Straßenrand, stellte den Motor ab und kramte den Zettel mit Yvonnes Nummer aus meiner Jackentasche. Meine Finger zitterten, als ich die Nummer wählte. Einen Versuch würde ich machen, einen einzigen. Wenn sie sich nicht meldete, würde ich die ganze Sache vergessen, nahm ich mir vor.

Der Rufton, vier Mal. Dann wurde das Gespräch entgegengenommen.

Sie meldete sich mit dem Namen ihres Mannes. Eine Sekunde lang war ich perplex; damit hatte ich nicht gerechnet, obwohl ich es ja hätte erwarten können. Aber es war ihre Stimme, noch immer mädchenhaft hell, genau wie damals.

»Wer ist da, bitte?«, fragte sie. Ich konnte noch immer keinen Ton herausbringen. »Adrian, bist du das?«

Mein Herz machte einen verrückten Satz. Ich räusperte mich. »Ja, ich bin es.«

»Ich wusste es …« sagte sie, hörbar atmend. »Dass du dich irgendwann melden würdest. Wo bist du?«

Ich sagte es ihr.

»Möchtest du vorbeikommen?«, fragte sie.

»Wenn du mich sehen willst …« sagte ich. »Ja. Dann sehr, sehr gerne.«

Sie nannte mir die Adresse. Eine Dreiviertelstunde würde ich brauchen. Nach vierzehn Jahren eine Dreiviertelstunde.

Das Haus, vor dem ich hielt, lag in einer ziemlich vornehmen Neubausiedlung etwas außerhalb unserer Heimatstadt. Es war groß, eine Villa konnte man es wohl nennen. Ich wusste nicht, was ihr Mann beruflich machte. Aber er verdiente offenbar gut.

Ich musste an der Pforte vorne am Zaun klingeln. Der Summer ertönte. Ich drückte die Pforte auf und ging über den sorgfältig geharkten weißen Kiesweg auf die Haustür zu. Dort stand sie und wartete auf mich.

Ich hatte unterwegs noch bei einem Lebensmittelgeschäft in der Innenstadt angehalten und ihr mit Schokolade überzogene Kokosflocken mitgebracht, die sie früher immer so gern gemocht hatte. Sie wurde ein wenig rot. »Du hast es nicht vergessen«, sagte sie und umarmte mich.

»Ich habe nichts vergessen«, sagte ich und spürte, dass auch mir die Röte in die Wangen stieg. Ich wagte ihre Umarmung nicht recht zu erwidern und ließ sie gleich wieder los.

Sie fragte mich, ob ich einen Kaffee möge, und bat mich in die Küche.

»Hast du das Haar schon lange so?«, fragte ich, als ich mich gesetzt hatte.

Sie schüttelte den Kopf. »Schlimm, nicht?«

»An schulterlang muss ich mich erst gewöhnen«, sagte ich.

»Es war das erste Mal, dass ich es habe abschneiden lassen«, sagte sie. »Ein schrecklicher Fehler. Nie wieder mache ich das. Es steht mir überhaupt nicht. Und ausgerechnet du musst das jetzt sehen. Du mochtest mein langes Haar immer so sehr. Hätte ich das gewusst …«

»Es wächst ja wieder«, beeilte ich mich zu sagen. »Ich finde es auch nicht schlimm. Nur – ungewohnt. Aber warum – hast du das gemacht?«

»Ich weiß nicht.« Sie setzte sich zu mir an den Küchentisch. »Man sagt ja, Frauen machen das, wenn sich in ihrem Leben etwas verändert.«

»Und, verändert sich in deinem Leben etwas?«

Sie nickte. »Ich habe die Scheidung eingereicht. Vor drei Monaten.«

»War das – bevor oder nachdem du bei uns zu Hause warst?«, fragte ich.

»Davor.« Sie rührte in ihrem Kaffee und lächelte; die Traurigkeit in ihrem Gesicht schnitt mir ins Herz. »Ich weiß auch nicht, warum ich das gemacht habe. Ich meine, es war irgendwie klar, dass du nicht da sein würdest. Und meine Entscheidung war sowieso schon gefallen, das hatte nichts mit dir zu tun. Ich hätte dir wohl einfach gerne davon erzählt ... Aber nun sag du mal, wie ist es dir ergangen – seit damals?«

Ich erzählte Yvonne alles von meiner Mutter und ihrer Krankheit, die uns schließlich auseinandergebracht hatte. Auch Minsun hatte ich längst nicht all das anvertraut, was Yvonne nun zu hören bekam.

»Vierzehn Jahre lang«, sagte sie irgendwann, »bin ich einmal im Monat zur Weide ins Moor herausgefahren und bin dort spazieren gegangen. Oft nachts, bei Mondschein. Ich habe manchmal euer Auto gesehen ... Und auch dich.«

»Ich weiß«, sagte ich.

Sie sah mich überrascht an. »Du weißt es?«

»Meine Mutter hat oft behauptet, dein Auto oder dich gesehen zu haben. Aber ich habe das natürlich für Spinnerei gehalten ... Sie fühlte sich ja immerzu verfolgt und beobachtet und schrieb ganze Notizbücher voll mit Autonummern, Fahrerbeschreibungen, Daten und Uhrzeiten, um Beweise zu sammeln ...« Ich fasste mir ein Herz; diese Frage wollte und musste ich stellen. »Du wolltest dich also nie von mir trennen?«

Sie schüttelte den Kopf. »Nein, niemals.«

Sie sei damals nur so verletzt gewesen, nach dieser Sache im Keller, als meine Mutter sie beschimpft hatte, das Einmachglas zerknallt war und ich sie danach wochenlang ignoriert hatte. Nur darum sei sie mit Rüdiger in den Urlaub gefahren, aus Trotz, um mir einen Denkzettel zu verpassen. Er sei so hinter ihr her gewesen, und ihre Mutter habe gemeint, er sei eine gute Partie gewesen, viel besser als ich, der sie so oft wie den letzten Dreck behandelte. »Du hattest allen Grund, verletzt zu sein«, sagte ich. »Hätte ich nur damals gewusst, was mit meiner Mutter los war.« »Wir hätten verlobt sein können. Verheiratet.« Sie lächelte unter Tränen. »Stattdessen habe ich mich von Rüdiger einfangen lassen.«

Ihre Augen glitten zu dem Foto, das an der Wand gegenüber an der Pinnwand hing. Sie, ihr Mann und die zwei Kinder, vielleicht drei und sechs Jahre alt. »Es war ein Fehler, von Anfang an. Kurz nach der Hochzeit ging es dann auch schon los … mit den Gewalttätigkeiten. Seine Art, mir zu zeigen, dass er sich von mir nicht geliebt fühlt.« Sie weinte nun ganz hemmungslos. Ich hätte sie gerne in den Arm genommen, traute mich aber nicht und reichte ihr nur stumm ein Taschentuch. »Nun ja, die Scheidung läuft … Wir leben eigentlich schon getrennt. Die Kinder sind dieses Wochenende bei ihm. Sonst hätten wir uns nicht sehen können.« Sie tupfte sich die Augen trocken. »Er wird es mir nicht leicht machen, er ist Rechtsanwalt, er kennt alle Tricks … Und du, bist du wenigstens glücklich verheiratet?«

Es fiel mir sehr schwer, ihr von Min-sun und mir zu erzählen. Ich wollte nicht ungerecht gegen meine Frau sein, aber ich wollte auch nicht lügen. Und so setzte ich meine wenigen Worte sehr vorsichtig. Ich war ihr dankbar, dass sie nicht viel dazu sagte, sondern nur nickte. Ich glaube, sie verstand mich ganz genau damals.

Wir redeten, redeten und redeten, den ganzen Morgen durch. Yvonne kochte mehr Kaffee, eine Kanne, zwei Kannen, und wir redeten weiter, und als es Nachmittag wurde und wir vor Hunger fast schon umfielen, bestellten wir uns Pizza. Ich hatte längst auf dem Heimweg sein wollen. Aber wir konnten nicht aufhören zu reden, bis wir alles voneinander erfahren hatten, was in den letzten vierzehn Jahren gewesen war.

Danach fuhren wir hinaus zu der Weide, auf der früher unsere Schafe gegrast hatten, die nun leer war. Wir dachten beide an all die vielen Stunden, die wir beide hier nachts verbracht hatten, unter den misstrauischen, lauernden Augen meiner Mutter, und uns überkam die plötzliche, alles andere für einen Moment auslöschende Gewissheit, dass meine Mutter nie mehr hierherkommen würde.

»Wir sind frei«, murmelte ich, und in Yvonnes Augen sah ich, dass sie im selben Moment dasselbe gedacht hatte. Ich zog sie an mich; es schien so richtig wie niemals zuvor. Vierzehn Jahre hatten nicht ausgereicht, um unsere Gefühle füreinander in freundschaftliche zu verwandeln. In diesem überwältigenden Moment schien es, als könne nichts je wieder zwischen uns stehen.

Ich blieb über Nacht bei Yvonne. Erst gegen Sonntagmittag machte ich mich schließlich auf den langen Weg nach Hause. Ihre Kinder sollten gegen drei Uhr zurückgebracht werden.

»Werden wir uns wiedersehen?«, fragte sie weinend, als wir uns verabschiedeten.

»Ich weiß nicht«, sagte ich. Meine Kehle schmerzte von dem dicken Kloß, der darin feststeckte. »Min-sun ist schwanger ... Wir bekommen in zwei Monaten ein Kind. Ich weiß es nicht. Lass uns nachdenken.«

Ich weinte schon, als ich den Gang einlegte. Dort stand sie, so klein und verloren, und winkte. Ich wollte schon anfahren, als ich sah, dass sie auf mich zugelaufen kam. Ich kurbelte das Fenster herunter.

»Ich lasse mir das Haar wieder wachsen«, sagte sie. »Vielleicht ist es dann ja wieder lang, wenn wir uns wiedersehen.«

Zwei Wochen später kam Min-sun aus Korea zurück.

Wenn ich gehofft hatte, mich in dieser Zeit wieder etwas fangen zu können, hatte ich mich getäuscht. Ich stand noch immer völlig neben mir, als ich zum Flughafen fuhr, um meine Frau abzuholen. Meine ganze Welt stand Kopf. Ein einziges Wiedersehen mit Yvonne hatte ausgereicht, um alles bis in die Grundfesten zu erschüttern. Aber dennoch, ich war entschlossen, gegen meine Gefühle anzukämpfen. Das war ich Min-sun und unserem Kind schuldig. Yvonne und ich hatten in diesen zwei Wochen ein paarmal Kontakt gehabt, der aber immer von ihr ausgegangen war. Ich hatte freundlich, aber in eher neutralem Ton geantwortet, und sie musste das gemerkt haben, denn nach der dritten oder vierten Nachricht verstummte sie, und auch ich schrieb nicht mehr zurück. Es tat mir weh, aber ich sah keinen anderen Ausweg. Es durfte nicht sein, sagte ich mir immer wieder. Ich würde für meinen Fehltritt büßen, dadurch, dass ich Yvonne für den Rest meines Lebens noch viel mehr als zuvor vermissen würde. Es würde schrecklich sein. Aber ich würde die Buße annehmen.

Min-sun stand zum Glück noch viel zu sehr unter dem Eindruck des Wiedersehens mit ihrer Familie, um meine Niedergeschlagenheit zu bemerken. Tagelang schwelgte sie in fröhlichen Erinnerungen, stellte Fotoalben zusammen und beteuerte immer wieder, wie schade es sei, dass ich nicht habe mitkommen können. Mir wurde erst da wirklich klar, wie sehr meiner Frau ihre Heimat fehlte, und es gab mir einen weiteren schmerzhaften Stich. Sie war nur noch meinetwegen hier. Zu Hause hätte sie einen Beruf gehabt, ihre Leute um sich herum und wahrscheinlich auch einen besseren Ehemann als mich.

Meine Mutter hatte seit dem Zwischenfall auf dem Hof nicht wieder angerufen, kein einziges Mal. Nur mein Vater meldete sich ab und zu, aber auch er erwähnte meine Mutter mit keinem Wort. Natürlich wollte Min-sun wissen, was da los gewesen war. Aber ich antwortete so kurz und ausweichend, dass sie nicht weiter nachhakte.

Wenige Wochen danach wurde Nathalie geboren. Noch nie hatte ich Min-sun so glücklich gesehen. Selbst ich verspürte so etwas wie die Hoffnung auf Ruhe und Zufriedenheit, als ich das kleine, schwarzhaarige Wesen, meine Tochter, zum ersten Mal auf dem Arm hielt. Niemals würde ich Yvonne ganz aus meinen Gedanken verbannen können, das wusste ich; aber vielleicht würde doch noch alles gut gehen mit uns dreien. Für Nathalie, nahm ich mir vor, würde ich mir die größte Mühe geben.

Meine Hoffnung zerstob zwei Monate später wie ein Schwarm Fische, in die der Hai fährt, als nachmittags das Telefon in meinem Büro klingelte. Es war Yvonnes Mutter.

Sie hielt sich gar nicht erst mit langen Vorreden auf. »Yvonne weiß nicht, dass ich anrufe, und es wäre ihr auch nicht recht«, sagte sie. Die Missbilligung in ihrer Stimme ließ keinen Zweifel daran, dass sie die Skrupel ihrer Tochter für absolut unangebracht hielt. »Aber was soll sie machen, in ihrer Lage?«

»Was heißt das, in ihrer Lage?«, fragte ich mit belegter Stimme. »Was ist mit Yvonne?«

»Yvonne ist im Krankenhaus«, sagte ihre Mutter. »Ihr Mann hat sie verprügelt und ihr den Arm gebrochen, als er es erfahren hat.«

»Was erfahren?« Ich schluckte. Noch bevor Yvonnes Mutter es aussprach, wusste ich bereits, was kommen würde.

»Du weißt es also wirklich nicht … Sie ist schwanger, von dir.« Rüdiger sei völlig ausgerastet vor Eifersucht. Er wolle nun das Haus verkaufen und habe sie vor die Tür gesetzt. »Wie gesagt, sie wollte nicht, dass du es weißt, aber irgendwohin muss sie doch. Bei mir kann sie auf Dauer nicht bleiben.« Sie hielt kurz inne. »Adrian, es ist jetzt deine Aufgabe, dich um sie zu kümmern. Es ist dein Kind. Sie hat nach dem Studium nie gearbeitet, sie hat kein eigenes Geld, nichts. Du musst ihr helfen.«

Ich rief Yvonne im Krankenhaus an, gleich, nachdem ich aufgelegt hatte. All die guten Vorsätze, die ich so mühsam und unter Einsatz aller Willenskraft aufrechterhalten hatte, fielen in sich zusammen, wie eines dieser angeblich erdbebensicheren Hochhäuser beim ersten ernsthaften Ruckeln. Yvonne brauchte mich. Alles andere war bedeutungslos.

Ihr Mann hatte Yvonne übel zugerichtet. Sie hatte nicht nur

einen gebrochenen Arm, sondern auch eine Gehirnerschütterung und eine angebrochene Nase.

»Er hat die Badezimmertür eingetreten«, erzählte sie. »Es war schrecklich, Adrian, ich hatte solche Angst. Aber zum Glück ist dem Baby nichts passiert.«

»Ich hole dich zu mir«, sagte ich zu ihr. »Sobald du aus dem Krankenhaus kommst.«

»Wie stellst du dir das vor?«, fragte sie weinend. »Was ist mit deiner Frau, deinem Kind? Ich will nicht der Grund sein, dass deine Familie zerstört wird.«

Ich sagte ihr, dass sie sich darüber keine Gedanken machen solle und ich mit Min-sun reden würde. »Du kommst zu mir«, wiederholte ich. »Ich finde einen Weg.«

»Aber die Kinder ... Ich kann sie doch nicht zurücklassen.«

»Die Kinder kommen mit«, sagte ich entschlossen. »Ihr kommt alle her. Alle drei.«

9.

Die Scheidung von Min-sun war das Schmerzlichste, was mir in meinem Leben bisher passiert war. Wobei ich mir darüber bewusst war, dass es vor allem meine Schuldgefühle waren, die mir zusetzten und in dieser Trennung ihren Kulminationspunkt fanden. Von Anfang an hatte ich mich meiner Frau gegenüber schuldig gefühlt. Ich hatte sie benutzt, da gab es keine Beschönigung, aus reiner Verzweiflung heraus. Und auch wenn ich sie mit der Zeit wirklich lieb gewonnen hatte – mehr als eine gute Kameradschaft war daraus nie geworden, obwohl ich mich redlich bemüht hatte, sie zu lieben, so, wie sie es verdiente. Aber die Leidenschaft hatte immer gefehlt, wie mir nach meinem Wiedersehen mit Yvonne endgültig klar geworden war.

Unsere Scheidung verlief genauso kurz und bündig, wie unsere Ehe auch begonnen hatte. Ich sagte ihr gleich nach meinem Telefonat mit Yvonne die Wahrheit; noch am selben Abend beschlossen wir, uns zu trennen. Min-sun weinte, aber sie schien nicht wirklich überrascht. »Ich habe immer gewusst, dass du mit Yvonne noch nicht fertig warst«, sagte sie nur still. Wenige Monate später waren wir geschieden.

Ich wusste, dass sie unter der Trennung litt, und vielleicht war das das Schlimmste daran: dieses stumme, ergebene Leiden, ohne Ärger, ohne Beschuldigungen. Sie hätte allen Grund gehabt, mir Vorwürfe zu machen, und manchmal hätte ich gewünscht, dass sie mir eine Szene machte, mich anschrie oder tobte. Aber meine Frau trug es mit Fassung. Sie ist ein guter Mensch, Min-sun, und wenn wir heute noch so etwas wie Freunde sind, trotz allem, was zwischen uns vorgefallen ist, dann ist das einzig und allein ihrer Großherzigkeit zu verdanken. Ich könnte es verstehen, wenn sie mit mir nichts mehr zu tun haben wollen würde.

Ich überließ ihr die Wohnung und mietete ein Haus, in das Yvonne, die Kinder und ich ziehen würden. Nathalie blieb natürlich bei Min-Sun; ich sah sie regelmäßig. Und obwohl es mich traurig machte, Min-sun nicht zu vermissen – ein so sang- und klangloses Ende einer Ehe, die sich auflöst, als sei nichts gewesen, ist einfach nur deprimierend – unser Zusammenleben fehlte mir nicht. Nichts daran.

Justus, Yvonnes und mein Sohn, kam bereits in Bamberg zur Welt. Ich hatte die eine Familie gegen die andere getauscht, von einem Tag auf den anderen. Es war mir selbst ein wenig unheimlich, wie einfach es gegangen war. Aber ich bereute nichts. Es war die einzige Lösung, die es zu geben schien.

Als Nathalie geboren wurde, hatten meine Eltern ein Paket mit Geschenken geschickt. Justus' Geburt dagegen ignorierten sie total. Nur meine Schwester schickte eine Karte und ein Päckchen mit einem Strampelanzug. Ich wollte sie auf dem Handy anrufen, um mich zu bedanken, aber ihre Nummer funktionierte nicht mehr. Bei meinem nächsten Anruf zu Hause fragte ich meinen Vater, was mit Friederikes Handy passiert sei. Er sagte, sie habe es verloren, sie würde demnächst ein neues bekommen. Ich bestand darauf, mit Friederike zu sprechen.

»Stehen sie um dich herum?«, fragte ich sie.

»Ja, es ist alles in Ordnung«, antwortete sie. Ich dachte rasend schnell nach.

»Aber sie können nicht mithören?«

»Nein, ich weiß nicht, wo das Handy geblieben ist, keine Ahnung, aber ich kriege ja ein neues.«

»Sie haben dir dein Handy weggenommen, stimmt's?«

»Ja, den Tieren geht es gut«, sagte Friederike. »Viel Arbeit wie immer. Es werden ja immer mehr.«

»Friederike, ich hole dich da raus. Nächstes Mal, wenn wir sprechen, sage ich dir wann und wie. Hast du mich verstanden?«

Bei unseren nächsten Telefonaten hatte ich mir vorher genau zurechtgelegt, was ich Friederike sagen würde. In vier Wochen, machten wir ab, würde ich nachts um zwei beim Grundstück warten, bis sie eine Möglichkeit hatte, aus dem Fenster zu klettern. Bis dahin sollte Friederike ihre Habseligkeiten in Müllsäcke packen, aus dem Haus schaffen und in einem trockenen Straßengraben an der Grundstücksgrenze deponieren.

Am vereinbarten Tag war ich kurz nach Mitternacht an der Stelle, die wir verabredet hatten, bei einer Baumgruppe, hinter der ich den Wagen abstellte. Friederike hatte die Müllsäcke mit einer Schicht Laub getarnt. Viel war es nicht, ein Sack mit Kleidern und Schuhen und ein weiterer mit Büchern, die ich beide im Auto verstaute. Dann fing das nervenzerrüttende Warten an. Ich wusste, ich musste Geduld haben; meine Mutter hing fast immer bis mindestens zwei Uhr morgens vor dem Fernseher. Aber gegen drei Uhr wurde ich allmählich wirklich unruhig. Was sollte ich tun, wenn sie nun überhaupt nicht schlafen ging? Auch das war früher schon vorgekommen.

Um halb vier endlich verloschen die Lichter im Haus. Kurz danach hörte ich ein Krachen und das Splittern von Glas. Da kam Friederike auch schon angehetzt. Gleichzeitig ging das Licht im Haus wieder an.

»Mach schnell«, keuchte sie. »Ich musste das Fenster mit dem Schreibtischstuhl einschlagen. Sie haben es von innen gesichert ... Ich konnte es nicht aufkriegen.«

Sie kletterte ins Auto, und ich trat aufs Gaspedal, dass die Räder durchdrehten. Wir rasten panisch die Straße entlang, ohne zurückzublicken, als seien Tod und Teufel hinter uns her, wie in einem Film der ganz schlechten Sorte. Erst auf der menschenleeren Autobahn wagte ich wieder, in den Rückspiegel zu schauen.

Wir schwiegen beide, eine lange Zeit. »Du hattest ja Recht, Adrian«, sagte Friederike schließlich. »Mama ist krank ... Ich wollte es mir damals nicht eingestehen. Aber seit du da warst ... Und das mit ihr passiert ist ... Du weißt schon ... du kannst dir nicht vorstellen, wie schlimm es seitdem geworden ist. Sie hat dich verflucht – weil du mit Yvonne mitgegangen bist ... Sie hatte schreckliche Anfälle. Und dann habe ich Onkel Richard angerufen. Ich habe ihm alles erzählt, und er hat mir auch geglaubt. Er ist vorbeigekommen und hat versucht, einzugreifen. Aber sie haben ihn hochkant rausgeworfen, er konnte nichts ausrichten. Und danach ... haben sie mir das Handy weggenommen. Und vor ein paar Tagen hat Papa dann alle Fenster gesichert ... Sie hatten Angst, dass ich ihnen auch noch abhanden komme ... Ich wollte sie nicht im Stich lassen, aber ich konnte einfach nicht mehr.« Sie fing an zu weinen, und ich legte den Arm um sie.

»Du bist die Psychologin«, sagte ich. »Du weißt viel besser als ich, dass es nicht deine Aufgabe ist, unseren Eltern dabei zu helfen, Mamas Wahn zu perpetuieren. Nicht deine und auch sonst die Aufgabe von niemandem.«

»Ich weiß.« Sie wischte sich mit dem Ärmel die Tränen ab. »Aber was soll bloß aus ihnen werden, Adrian? Was?«

»Wir werden versuchen, ihnen zu helfen«, sagte ich. »Aber sich helfen lassen wollen – das müssen sie schon selbst.«

Ich hatte über fünfzehn Stunden im Auto gesessen, als wir in Bamberg ankamen. Auf der Mailbox meines Handys waren fünf Nachrichten meiner Mutter, eine ununterbrochene, zusammenhanglose Anreihung von fanatischen Verwünschungen und unflätigen Beschimpfungen. Das war das letzte, was ich von meiner Mutter hörte.

Friederike und ich haben dann auch wirklich einiges zu unternehmen versucht. Wir alarmierten das Veterinäramt, das prompt einschritt und meinen Eltern einige der Tiere wegnahm. Nachdem Appelle von Friederike an meinen Vater, mit meiner Mutter zum Arzt zu gehen, nichts gefruchtet hatten, wandten wir uns an den Sozialpsychiatrischen Dienst, bei dem Friederike Notizbücher mit Aufzeichnungen, Tonbandaufnahmen der irren Reden meiner Mutter und Fotos von dem völlig vermüllten Haus als Beweise vorlegte. Tatsächlich klingelte daraufhin die Polizei bei meinen Eltern, vor allem wegen des Verdachts auf die öffentliche Gesundheit gefährdendes Messietum. Aber die Polizisten konnten nichts feststellen, was eine Zwangseinweisung gerechtfertigt hätte. Meine Mutter konnte sich ja sehr gut verstellen, wenn sie mit dem Rücken zur Wand stand, und meinem Vater merkte man die ehemalige Leitungsposition zeit seines Lebens an – er hatte Auftreten, Glaubwürdigkeit, Eloquenz; man glaubte ihm einfach alles. Wahrscheinlich hatte er die Polizisten schon eingelullt, bevor sie überhaupt einen Blick ins Hausinnere geworfen hatten. Sicher war er aber auch schlau genug gewesen, nach dem Besuch der Amtstierärzte zumindest den gröbsten Unrat zu beseitigen, sodass er keinen Argwohn erregt hätte. Wie auch immer, die Polizisten zogen unverrichteter Dinge wieder ab. Es bestehe keine Gefahr von Fremd- oder Selbstgefährdung, hieß es zur Begründung. Man könne nichts unternehmen.

Damit erlosch der Kontakt zwischen meinen Eltern und uns komplett. Drei Jahre lang hörte ich nichts mehr, auch mein Vater schwieg. Ich wäre gerne bereit gewesen, ihnen wieder die Hand zu reichen, aber ich wollte, dass sich auch auf ihrer Seite etwas bewegte. Einfach alles begraben und ihnen zuliebe mein Dasein darauf ausrichten, dass meine Mutter sich in ihrem Kokon weiter wohlfühlen konnte, kam mir falscher denn je vor.

Vor einem halben Jahr hat mein Vater sich dann doch wieder gemeldet. Meine Mutter war ganz plötzlich gestorben, an Herzversagen, hieß es. Die Umstände ihres Todes waren nicht ganz klar. Aber aufgrund des sehr schlechten gesundheitlichen Allgemeinzustands der Toten – meine Mutter war seit Jahrzehnten nicht mehr beim Arzt gewesen und hatte nur noch faulende Ruinen im Mund, was ja die Entstehung von Herzkrankheiten stark begünstigt – sah sich niemand veranlasst, genauere Nachforschungen anzustellen.

Noch im selben Monat verkaufte mein Vater alle verbliebenen Tiere und den Hof und zog nach Bamberg.

Epilog

Mein Vater ist ein glücklicher Mensch. Ein Mensch, den ich nicht kenne. Er wirkt fröhlich, ist ständig unterwegs, geht viel unter Menschen. Es ist, als hätte er eine Zwangsjacke abgelegt, in die er jahrzehntelang immer mehr hineingewachsen war. Aber das war das Komische: Leute, die ihn von ganz früher kennen, sagen, das sei endlich wieder der Bernhard, wie sie ihn in Erinnerung hätten. Die Zwangsjacke hat ihn nicht deformieren können. Es schien, als bräuchte er sich nur ein wenig zu dehnen und zu strecken, wie eine Feder, die nach dem Zusammendrücken ein paarmal hin- und herwippt, um dann ihre ursprüngliche Form wieder anzunehmen, einfach so, als kenne sie gar keine Belastungsgrenze.

Ich weiß nicht, ob mich das nun freuen soll oder nicht. Einerseits gönne ich es ihm ja. Andererseits aber ist da auch Groll.

Wenn er doch im Grunde so ein anderer Mensch war, als ich ihn erlebt hatte, warum hatte er sich dann diese Zwangsjacke überstreifen lassen? Wieso hat er meine Mutter geschützt, um jeden Preis, auch wenn er gesehen haben muss, was er uns Kindern damit antat? Wie hat er sich dafür hergeben können? Das würde ich ihn manchmal gerne fragen. Aber es verbietet sich von selbst; meine Mutter ist bei uns überhaupt kein Thema. Sie hat ein totales, erinnerungsfreies Vakuum hinterlassen, als wäre sie nie da gewesen.

Friederike war außer sich, als sie von dem bevorstehenden Umzug meines Vaters erfuhr. Dass er es wage, sagte sie fassungslos immer wieder. Sie weigerte sich, weiterhin mit ihm Umgang zu haben. Nur ein einziges Mal fuhr sie zu seiner Wohnung, klingelte an seiner Tür und schleuderte ihm die Fragen ins Gesicht, die ich mich zu stellen nicht traute. Er habe völlig entgeistert reagiert, erzählte sie mir danach; sogar konsterniert. An nichts habe er sich erinnern können, es sei gewesen, als rede sie mit ihm über eine dritte, ihm ganz und gar unbekannte Person. »Alles radikal verdrängt«, lautete ihr bitteres Fazit. Nach diesem Treffen hatte meine Schwester einen Selbstmordversuch unternommen und war danach einige Monate lang in einer psychiatrischen Klinik.

Von dem Leben, das ich vor zehn Jahren noch hatte, ist nicht mehr viel übrig geblieben. Meine Ehe ist gescheitert. Und auch die Beziehung mit Yvonne ist auseinandergegangen.

Je länger sich der Scheidungskrieg mit Rüdiger in die Länge zog und mit je härteren Bandagen er geführt wurde, desto mehr wuchsen ihre Ansprüche an mich. Als wollte sie sich all das, was er ihr vorenthalten hatte, nun von mir zurückholen. Sie war wie selbstverständlich der Ansicht, dass alle die mir zur Verfügung stehenden Ressourcen – Zeit, Geld, Zuneigung – nur noch für sie und Justus da seien. Nicht mehr für Min-Sun und Nathalie. Lange wollte ich es nicht wahrhaben, aber irgendwann konnte ich die Augen nicht mehr davor verschließen.

Vor allem auf Min-sun hatte sie sich eingeschossen. Was Min-sun auch tat – oder nicht tat – alles lieferte ihr nur immer neue Munition. Min-sun lege es darauf an, mich finanziell »auszunehmen«, instrumentalisiere das Kind, um mich »nach ihrer Pfeife tanzen zu lassen«, oder wolle mich auf die krumme Tour »zurückkriegen«. Um sie nicht weiter aufzuregen, strich ich im ersten Sommer nach Yvonnes Ankunft schweren Herzens den Urlaub, den Min-sun und ich Nathalie zuliebe zusammen hatten verbringen wollen, und fuhr stattdessen mit Yvonne, Justus und Nathalie los. Aber auch das ging nicht gut, denn Yvonne ließ Nathalie eiskalt links liegen. Nach dieser Erfahrung nahm ich Nathalie nicht mehr mit zu mir nach Hause. Entweder unternahmen wir etwas, oder ich verbrachte meine Zeit mit ihr bei Min-sun in der Wohnung, wobei auch das an sich nicht toleriert wurde, weil Min-sun während dieser Besuche in der Regel ja auch anwesend war, somit Gelegenheit hatte, sich wieder an mich »heranzuschmeißen«. Also versuchte ich, Zeitpunkte zu wählen, zu denen Min-sun Termine hatte, damit ich Yvonne nachher guten Gewissens sagen konnte, dass ich meine Ex-Frau gar nicht angetroffen hatte. Es schmerzte mich, was ich da tat; aber ich war bereit, Yvonne sehr, sehr weit entgegenzukommen.

Die Situation eskalierte, als Yvonnes Mutter – die wieder einmal als Katalysator fungierte – für ein paar Tage zu Besuch kam. Am Mittwochnachmittag wollte ich mich wie jede Woche zu Nathalie auf den Weg machen. Yvonnes Mutter fragte mich, warum ich da eigentlich noch immer hinginge, »zu diesem Balg«, wie sie sich verächtlich ausdrückte. Ich wandte mich zu Yvonne und fragte sie, ob sie auch der Meinung sei, dass meine Tochter kein Recht auf zwei oder drei Nachmittage die Woche mit mir habe. Sie druckste ein wenig herum, rückte schließlich aber – ermutigt durch die Rückendeckung ihrer Mutter – doch heraus mit der Sprache. Ja, sie finde auch, dass ich darauf verzichten solle, wenn sie ehrlich sei. Das sei nur fair ihr und Justus gegenüber. Ich solle einmal daran denken, was Yvonne alles für mich aufgegeben habe, legte ihre Mutter noch nach. Sie verdiene meine uneingeschränkte Loyalität.

Das war der Anfang vom Ende gewesen. Ein Jahr lang noch stritten wir fast täglich erbittert. Dann nahm ich mir eine Wohnung und zog aus.

Allem, was zu emotionalen Verstrickungen und Organisationsaufwand führen könnte, gehe ich seither konsequent aus dem Weg. Erst neulich endete eine sehr nette Bekanntschaft, weil sich immer klarer abzeichnete, dass die andere Seite doch mehr wollte als nur Freundschaft. Die Frau unterstellte mir, blockiert zu sein, Yvonne nicht losgelassen oder Angst vor einer weiteren Katastrophe zu haben (von meiner Mutter wusste sie nichts, Gott sei Dank, nicht auszudenken, was dann los gewesen wäre) – mit einem Wort, sie fuhr alles auf, was sie aus der Trickkiste der Küchenpsychologie so hervorkramen konnte, und fragte mich beinahe entrüstet, ob ich mich denn jetzt mein ganzes Leben lang nur noch mit Wasser und Brot begnügen wolle.

Ich gab ihr zu verstehen, dass ich Freundschaft keineswegs als »Wasser und Brot« empfände, sondern in entsprechender Ausprägung als etwas Seltenes und besonders Wertvolles, ich, soweit ich mich erinnerte, niemals Wein in Aussicht gestellt hätte und ich ihr, wenn sie auf der Suche nach Wein sei, leider nicht helfen könne.

Ich habe Angst, ja. Aber weniger vor einer weiteren Katastrophe, als vor meinem eigenen, scheinbar erschreckend mangelhaften Urteilsvermögen. Ich habe Yvonne wahnsinnig geliebt; fast alles hätte ich für sie getan, und es schien mir, als müsste es so sein, als sei dies die höchste erreichbare Form der Liebe, die zur Selbstaufgabe bereite.

Yvonne war dieser Liebe nicht würdig. Ich habe mich in ihr getäuscht. Und wenn das passieren konnte, kann die Lehre daraus nur lauten, dass ich niemals wieder meinen Gefühlen so weit werde trauen können, dass ich bereit wäre, mich noch einmal jemandem auf diese Art auszuliefern.

Ich bin nicht so wie mein Vater, der einfach in seine ursprüngliche Form zurückschnellt. Ich habe Knicke, Risse und Beulen zurückbehalten. Aber weiter verbiegen lassen werde ich mich nicht. Für niemanden. Mir geht es nicht schlecht. Auch wenn manche das nicht glauben wollen. Es könnte weit, weit schlimmer sein. Ich habe das Glück nach Epikur für mich entdeckt: Das Freisein von Unlust, die Vermeidung von Schmerz als Hauptziel jeglichen Strebens nach Glück. Epikur kommt zu dem Schluss, dass jemand, der sich sehr hoch hinauswagt, auch sehr tief fällt. Also extreme Lust auch immer extreme Unlust nach sich zieht.

Niemand wüsste besser als ich, wie Recht er hat. Keinem der antiken Philosophen habe ich jemals so uneingeschränkt zustimmen können wie ihm. Der Weg der kleinen Freuden, den Epikur empfiehlt, wird in Zukunft auch der meine sein.

Und wer weiß – vielleicht werde ich ja sogar auch mal wieder eine Nacht durchschlafen können.

Irgendwann.

Kein Sex kann's auch nicht sein

Ich muss gestehen, anfangs war mir überhaupt nicht klar, dass irgendjemand ein Problem damit haben könnte. Vielleicht bin ich zu naiv. Oder habe wieder mal zu sehr von mir auf andere geschlossen.

Wirklich bewusst wird es mir das erste Mal, als ich Marita davon erzähle, ganz nebenbei im Plauderton, ist ja nun wirklich keine große Sache. Irgendwann fällt mir dann auf, dass sie total hektisch in ihrem Latte Macchiato stochert, der ganze schöne Milchschaum ist schon zerrührt, und mich so komisch anguckt. So, als müsste man sich Sorgen um mich machen. Und dann fragt sie tatsächlich, so mit bedenklich gerunzelter Stirn: »Und wie lange willst du das jetzt so weitermachen?«

Ich denke erst, ich höre nicht recht. Was für eine alberne Frage: Wie lange ich das jetzt so weitermachen will. Als ob ich das vorher festgelegt hätte. So, jetzt mache ich mal drei Jahre lang One-Night-Stands. Und das von meiner Grundschulfreundin. Ich weiß wirklich nicht, was ich sagen soll. Und so zucke ich nur die Schultern.

»Warst du nicht neulich noch auf dem knallharten Abstinenztrip?«, fragt Marita weiter.

War ich. Allerdings nicht neulich, liebe Marita. Ein Jahr ist das bestimmt schon wieder her. Reden wir wirklich so selten miteinander?

Aber wie auch immer, es war so, dass ich nach der Sache mit Frank dachte, mein Bedarf an allem, was Männer betrifft, sei gedeckt. Und zwar ein für allemal. Daran erinnere ich mich noch. Ich war damals gerade nach Hamburg gezogen, weg aus der bayerischen Provinz, wo unsere Beziehung einen quälend langsamen Tod gestorben war, und schwor mich auf Poweryoga, vegane Ernährung und Laufen ein, Langstrecke natürlich, das volle Programm eben. Eine ganze Weile war das auch total okay. Aber dann passierte es, mal wieder. Das Pendel schlug in die andere Richtung, bis zum Anschlag. Am Abend nach dem Hamburg-Marathon saß ich beim nächsten McDonald's und zog mir voller Gier drei fette Burger mit Pommes rein. Und beschloss, dass kein Sex es auch nicht sein kann.

Frank hat mich ein paar Mal als »Schmetterling« bezeichnet, der mit schwereloser Leichtigkeit durchs Leben gaukelt. Erst fand er das noch faszinierend, verliebt, wie er war. Mit der Zeit sagte er es immer mahnender, zum Schluss dann nur noch genervt. Irgendwann kam er mit einer anderen. War ihm echt peinlich. Ach, der gute Frank. Ich selbst habe es ihm überhaupt nicht übelgenommen. Mich hat es gewundert, dass er noch so lange ausgehalten hat. Ich glaube, wenn ich ihn angefleht hätte, mich nicht aufzugeben, hätte er die andere in den Wind geschossen und wäre geblieben. Aber irgendwann muss auch mal Schluss sein. Ich habe ihm freundlich alles Gute gewünscht und meinte es auch so.

Er war nicht der erste, der am Ende an mir verzweifelt ist. Das ist schon eine verflixte Sache mit diesen Gegensätzen, die sich anziehen. All diese Bodenständigen sind ganz verrückt nach mir, aber sie ersticken mich mit ihrem Bedürfnis nach Verbindlichkeit. Und ich treibe sie in den Wahnsinn, dabei tue ich mein Bestes. Das geht also gar nicht. Aber was geht dann? Die Locker-Flockigen kommen für mich erst recht nicht in Frage. Zwei von unserer Sorte würden endlos umeinander herumliebeln, ohne sich je wirklich näherzukommen, und sich irgendwann schlicht und einfach aus den Augen verlieren.

»Wie machst du das nur?«, will Marita wissen.

»Was meinst du, ›das‹?«, frage ich zurück.

Sie windet sich und kriegt unbehaglich rote Ohren. Das war früher schon so gewesen, in der Schule. Alle hatten auf ihre Ohren gestarrt, die wie Signallampen durch ihre dunkelblonden Haare leuchteten, wenn ihr etwas peinlich war. Na ja, wie das denn gehe, druckst sie herum, sie selbst könne sich das ja überhaupt nicht vorstellen. Ins Bett gehen mit Wildfremden. Ob das nicht irgendwie eklig sei.

Wieder bin ich so was von baff. Und du, hätte ich fast gefragt, ist das nicht irgendwie langweilig, seit zwölf Jahren mit ein und demselben Kerl zu schlafen? Das Erschreckendste ist ja, man muss nicht mal mehr ihm ins Bett gehen, er liegt ja schon neben einem, abends, morgens, immer greifbar. Nicht, dass ich mich mit Langzeitbeziehungssex so großartig auskenne, aber mir kamen meine fünf Jahre mit Frank schon sehr, sehr lang vor, zumindest was den Sex betrifft, und wie das dann erst nach zwölf Jahren ist … Also kann natürlich sein, dass man der Typ ist, der auch nach zwölf Jahren nichts anderes will als immer dieselbe Erdbeermarmelade oder Schmierkäseecke. Aber danach klingt es nicht, so, wie sie mich hier angeht.

Ich frage natürlich nicht. Was für eine Antwort hätte sie darauf auch schon geben sollen. Eine ehrliche ganz bestimmt nicht. »Es ist mal besser und mal schlechter«, sage ich. »Man weiß nie, was man kriegt. Das ist ja gerade der Thrill dabei.« Eklig sei im Übrigen noch nicht dabei gewesen, füge ich noch hinzu.

Sie schaut ungläubig. Aber es könne doch passieren, wendet sie ein.

»Klar. Kann«, sage ich lässig. »Und wenn? Wäre ja auch keine Katastrophe.«

Irgendwie glaube ich ja nicht daran. Denn ich habe natürlich Strategien, die die ganz tiefen Griffe ins Klo verhindern. Bisher haben die auch ganz gut funktioniert.

Wenn ich in irgendeiner Location ankomme und in der richtigen Stimmung bin, sondiere ich erstmal die Lage. Wie ein Gepard, der sich durch das hohe Gras heranpirscht. Wenn interessante Beute dabei ist, nähere ich mich ein Stück, auf leisen Pfoten, noch ohne Aufmerksamkeit erregen zu wollen. Ich behalte den Kerl im

Auge, den ich mir ausgeguckt habe, schaue mir an, wie er trinkt, lacht, raucht, tanzt. Tanzen ist besonders gut, dadurch disqualifizieren sich die meisten Nieten von vornherein.

Ich bleibe so lange in meiner Beobachterposition, wie ich brauche, um mir einen Überblick zu verschaffen. Wenn er vorher abhaut, auch gut, dann sollte es halt nicht sein. Ich setze mich da nicht unter Druck. Vielleicht kommt noch was Besseres. Ein netter Abend wird es auch so. Das ist einer der ganz großen Vorteile, wenn man so ist wie ich. Man will nichts so verbissen, dass man sich davon die Laune verderben lassen würde, wenn man es nicht kriegt.

Falls ich beschließe, dass der Typ einen Versuch wert ist, komme ich aus meiner Deckung heraus und starte durch zum Endspurt. Ich passe einen Moment ab, in dem er sich am Tresen was zu trinken holt. Dann stelle ich mich dazu und bitte ihn um Feuer. Nicht sehr originell, aber bewährt; normalerweise zeigt sich dann ziemlich schnell, ob was draus werden kann. Augenkontakt, scheinbar zufällige Berührungen, so was. Alles Weitere ergibt sich dann oder eben auch nicht. Gut riechen muss er, das ist wichtig. Ganz wichtig. Und natürlich sollte er auch was in der Birne haben. Also so in dem Sinne, dass er keine unterirdisch peinlichen Sprüche bringt. Ganz ohne Reden geht es nun mal nicht.

»An sich total easy«, fasse ich zusammen.

»Ich würde mich das ja nie trauen«, sagt Marita leise.

»Wieso trauen?«, frage ich, ehrlich überrascht.

»Na ja«, macht sie, »nach zwei Kindern hätte ich so meine Probleme damit, vor einem Fremden die Hüllen fallen zu lassen. Der Bauch, weißt du. Der ist nicht mehr so geworden, wie er mal war.«

Leider könnte ich ihr nicht widersprechen, ohne lügen zu müssen. Und es ist ja nicht nur der Bauch. Sie hat eine richtige Mamafigur gekriegt. Und passend dazu hat sie sich den Mamahaarschnitt und das Mamaoutfit zugelegt.

»Ach«, sage ich deshalb ausweichend, »mit Aussehen hat das doch gar nicht so viel zu tun.«

Das ist natürlich nicht wahr. Klar zählt die Optik bei diesen Sachen für eine Nacht. Was denn sonst. Und was das angeht, habe ich schon so meine Ansprüche. Athletisch muss er auf jeden Fall sein. Schwabbelig ist ein No-go. Und gut angezogen. Nicht affig, nicht ranzig. Gepflegter Gesamteindruck. Halt all das, was ich selbst auch biete. So ist der Deal. Wer wissen will, wie es wirklich um seinen erotischen Marktwert steht, der kann es hier erfahren. Man muss den Mut haben, sich Blicken auszusetzen, die sehen, was wirklich ist. Ins harte Scheinwerferlicht treten, ohne Weichzeichner. Nachsicht ist da nicht zu erwarten. Wenn man nicht gefällt, bekommt man das zu spüren. Da kann man ziemlich hart landen. Zu mir sagte mal einer, als die Hüllen fielen, wie Marita es ausdrückte, huch, hattest du vorhin einen Push-up-BH an, die hatte ich mir größer vorgestellt. Er meinte es nicht mal böse, er war nur ehrlich, ungefiltert. Das ist ein anderes Gelände als die weich gepolsterte eheliche Spielwiese zu Hause, auf der man geschützt ist oder sich zumindest geschützt wähnt. Ich meine, Maritas Mann würde ihr bestimmt nicht sagen, dass sie aus dem Leim gegangen ist, oder? Vielleicht liebt er sie, so sehr, dass es keine Rolle für ihn spielt. Oder er sieht es gar nicht mehr, weil es ihm inzwischen komplett egal ist. Oder er guckt sich schon längst nach einer anderen um. Kann alles sein. Aber sowas ansprechen – eher nein.

»Ach komm«, sagt Marita. »Das glaubst du doch selber nicht.« Ihr Blick gleitet an mir herunter. »Aber du brauchst dir da ja überhaupt keine Gedanken zu machen. Du wirst auch mit sechzig noch deine Ballerinafigur haben.«

Das ist natürlich Blödsinn, aber ich weiß, was sie meint. Zehn Jahre lang habe ich Ballett getanzt. Mit vollem Einsatz. Vielleicht war es das einzige, wofür ich mich jemals richtig engagiert habe. Ich wollte tatsächlich Ballerina werden. Aber dann wurde ich zu groß. Einsvierundsiebzig. Damit war der Traum aus. Ich habe sofort aufgehört, von einem Tag auf den anderen. Es machte keinen Sinn mehr. Ich mache viele Dinge nur zum Spaß. Ballett nicht. Aber die Haltung, die man in zehn Jahren eingeübt hat, die geht nie mehr weg, die hat sich einem eingeschliffen. Eine aufrechte Haltung macht jede Frau ja gleich so viel attraktiver. Und natürlich habe ich gelernt, mich absolut kontrolliert zu bewegen. Jede Geste ist einstudiert, Hunderte von Malen geprobt, jederzeit abrufbar. Als ob ich auf der Bühne stünde und mein Solo tanzte. Hinzu kommen verdammt gute Gene, zugegeben. Einfach unfair viel Glück gehabt, würde ich sagen. Ich muss nicht viel machen, um gut auszusehen. Kein aufwendiges Styling. Okay, manchmal, wenn mir danach ist, müssen es die roten Pumps mit den megahohen Absätzen und der schwarze Catsuit sein. Und dramatisches Make-up. Aber meistens fühle ich mich »casual« viel wohler. Kapuzenjacke, Skinnies und Turnschuhe. Fertig. Den Ewige-Studentin-Look, so nannte Frank das immer. Manchmal decke ich die Knitterfältchen um die Augen, auf der Stirn und am Hals ab, manchmal auch nicht. Die fallen kaum auf. Und es geht mir auch nicht darum, auf Krampf jünger zu wirken, als ich bin.

Das einzige, was ich regelmäßig mache, ist Haarefärben. Mein Haar ist schleichend grau geworden. Braungrau. Mit einer richtig herausknallenden hellgrauen Strähne oben rechts an der Stirn. Irgendwann war die einfach da, quasi über Nacht. Das macht so was von alt, dagegen muss ich was tun. Und so schwachsinnig ich den neuen Trend, sich untenrum komplett zu rasieren, auch finde: Sobald da was Graues sprießt, werde ich auch den Kahlschlag machen. Der einzige gute Grund, der mir einfällt.

»Keine Ahnung, was ist, wenn ich sechzig bin«, sage ich und stecke mir eine Zigarette an. »Aber sehr wahrscheinlich werde ich dann keine One-Night-Stands mehr haben.« Wir kichern beide.

»Aber jetzt ehrlich mal«, sagt Marita, »hast du das denn wirklich nötig?«

»Nötig?«, wiederhole ich.

»Ich meine, was suchst du dabei wirklich?« Die Kellnerin kam vorbei, um unsere Tassen abzuräumen, und Marita greift sich noch schnell den eingeschweißten Butterkeks, den ich auf meiner Untertasse habe liegen lassen. »Du suchst doch irgendwas. Erzähl mir nicht, dir geht es nur um Sex.«

»Nur? Du meinst, das allein wäre kein guter, völlig ausreichender Grund?«

»Ist es denn wirklich so toll?«, frage sie, und ihre Stimme klingt etwas kleinlaut.

»Life changing«, sage ich sarkastisch. Ihr Pech, wenn sie mir das abnimmt.

Natürlich habe ich mir die Frage auch schon selbst gestellt. Danach, was ich eigentlich suche, meine ich.

Bestimmt nicht tollen Sex. Marita muss sich da keine Sorgen machen, in der Hinsicht verpasst sie nichts. Mit einem Unbekannten das große Feuerwerk abzubrennen ist eher die Ausnahme. Ein bisschen ist es so, als ob man sich in ein fremdes Auto setzt und losfährt, ohne zu wissen, wo der Schalter für das Licht und die Scheibenwischer sind, wie schnell die Kupplung kommt und was man machen muss, um den Rückwärtsgang reinzukriegen. Man probiert ein bisschen herum, drückt einen Knopf hier, betätigt einen Hebel da. Und hofft, dass irgendwas davon schon den gewünschten Effekt hat. Es ist eher holterdipolter als entspannend. Aber das ist ja auch nicht der Sinn der Sache.

»Der Kick«, sage ich, »das ist die Selbstbestätigung. Das ist es, was ich im Moment brauche.« Ich muss lachen. Es klingt ein bisschen hysterisch.

»Warum lachst du?« Marita runzelt die Stirn.

Ich lache immer, wenn ich nicht recht weiß, ob ich lachen oder weinen soll. Das müsste sie eigentlich aber auch wissen.

Vor ein paar Monaten, als bei mir Myome festgestellt wurden, habe ich auch immer gelacht, wenn ich anderen davon erzählt habe. Dabei war mir bloß nach Heulen. So gruselig fand ich das. Ich stellte mir vor, dass diese Dinger da herumwucherten, sich von mir ernährten, wie auf einer Plantage, und auf Blumenkohlgröße heranwuchsen. Schwangerwerden könnte ein Problem werden, sagte man mir. Wie es denn mit meiner Familienplanung aussehe, ob die abgeschlossen sei.

Was heißt Planung … Frank und ich haben nicht groß geplant, ich habe halt irgendwann die Pille weggelassen, und wir haben geguckt, was passiert, weil wir dachten, drei Jahre zusammen, Ende dreißig, da könnte man ja mal. Passiert ist nichts, und ich fand es nicht tragisch. Meine Erfüllung hing ganz offenkundig nicht von Kindern ab. Das wurde mir klar, wenn ich mir ansah, wie unentspannt andere Frauen meines Alters in unserer Umgebung reagierten, bei denen es auch nicht klappte.

Tragisch finde ich es auch jetzt nicht. Aber trotzdem ist es anders als vorher. Nichtwollen oder Nichtkönnen, das macht schon einen großen Unterschied, auch wenn es auf dasselbe hinausläuft. Eine weitere Wahlmöglichkeit, die verloren geht.

Und wenn meine Erfüllung nicht von Kindern oder von einer festen Beziehung abhängt, wovon denn dann? Davon, dass ich auch mit vierzig noch immer Sex haben kann, wann und mit wem ich will? Muss ich mir das beweisen? Ist das die Kompensation? Und was sagt das über mich? Ich denke lieber nicht zu viel darüber nach, sonst wird mir noch selber unheimlich.

»Ich glaub dir das nicht.« Marita schüttelt zweifelnd den Kopf. »Du hoffst doch im Grunde schon darauf, dass da mal einer dabei sein könnte, der bleibt, oder? Ich meine, niemand in unserem Alter ist doch gerne Single.«

Sie kapiert es einfach nicht. Ich finde, dass ich fünfundneunzig Prozent meiner Zeit mit mir alleine besser verbringe als mit einem Kerl. Das, was mit Kerl mehr Spaß macht, lässt sich auf fünf Prozent reduzieren. Glaub es oder nicht, Marita, aber momentan hoffe ich tatsächlich auf nichts anderes, als hin und wieder einen netten One-Night-Stand zu haben. Betonung liegt auf »nett«. Soll heißen: ohne anstrengende Verwicklungen.

Beim ersten Mal habe ich so ziemlich alles falsch gemacht, was man nur falsch machen kann. Bernard war Franzose, aus Toulouse. Ich habe ihn in einer Bar kennen gelernt. Mir gefielen seine samtig braunen Augen, seine dunklen Locken und sein sanftes Lächeln. Er war auf Montage bei Airbus, für ein halbes Jahr. Er sagte, er fahre Rennrad, surfe und laufe Ski. Das klang prima. Er hatte ein Zimmer in einer Pension in Finkenwerder, ganz am Rand von Hamburg. Da, meinte er, würde er nicht so gerne mit mir hin, es sei nicht sehr komfortabel. Wer weiß, ob das der wahre Grund war, vielleicht wollte er auch bloß nicht, dass ich das Foto von seiner Frau sehe, das er neben dem Bett auf dem Nachttisch aufgestellt hat. Oder dass seine Kumpels was mitkriegen und anzügliche Bemerkungen machen. Was weiß ich. Er ist dann mit zu mir gekommen.

Es ging wirklich alles schief. Ohne Klamotten war er ein echter Abtörner. Er war der erste Mann mit Cellulite, den ich je gesehen habe. Le grand sportif, von wegen. Und dann das Herumgefummel mit dem Kondom. Erst guckte er pikiert, als ich überhaupt davon anfing. Was ich denn von ihm dächte. Ob er vielleicht krank aussehe? Und er möge die Dinger ja gar nicht, sie töteten das Gefühl ab, ob das denn wirklich sein müsse. Herrje, er sagte wirklich all diese bescheuerten Sachen, von denen ich vorher nie dachte, dass Männer sie wirklich sagen. Es half auch nichts, dass ich die Sache in die Hand nahm. Alles fiel in sich zusammen, als hätte man den Stöpsel aus der Luftmatratze gezogen. Es war erbärmlich. Ich fing an, ihn zu hassen. Am liebsten hätte ich ihn gleich aus meinem Bett und meiner Wohnung geschmissen, aber so rüde ist man dann ja doch wieder nicht. Stattdessen ließ ich ihn noch ein bisschen an mir herummachen und spielte ihm was vor, damit er Ruhe gab. Ihn selbst ließ ich dann aber da hängen, wo er war, zwischen Hoffen und Bangen; ich wusste, da würde nichts Brauchbares mehr von werden, wie ich mich auch abmühte. Ich schützte plötzliche, überwältigende Müdigkeit vor, wünschte ihm gute Nacht und drehte mich auf die andere Seite. Er schien nicht mal frustriert, im Gegenteil erleichtert, und schnarchte schon bald sorglos vor sich hin. Während ich vor Ärger kein Auge zutat und mich schließlich auf die Couch im Wohnzimmer flüchtete. Am nächsten Morgen musste ich dann auch noch ein Höflichkeitsfrühstück auf den Tisch stellen und Konversation machen. Als er endlich ging, war ich total entnervt. Ein paar Tage später hatte ich eine rote Rose mit einem Briefchen in meinem Postkasten. Auch das noch. Das hatte er sich wohl fein ausgedacht, mich so als Hamburger Liebchen, bis er wieder nach Toulouse zu seiner Madame abdampfen konnte.

Seit diesem Desaster habe ich mir einige strenge Regeln auferlegt. Grundsätzlich gehe ich mit zu den Typen. So kann ich jederzeit verschwinden, wenn mir danach ist. Ich muss auch spät nachts noch gut mit Bus oder Bahn da wegkommen können. Und ich achte darauf, keine Spuren zu hinterlassen, anhand derer man mich zurückverfolgen könnte. Manchmal sage ich nicht mal meinen Namen.

Auf Maritas Frage antworte ich nein, ich hoffte nicht wirklich, dass einer bliebe. »One-Night-Stands sind nicht auf ›Bleiben‹ ausgelegt. Und außerdem sind die alle gebunden. Schon deswegen würden die überhaupt nicht in Frage kommen.«

Marita lässt den Kopf hängen. »Wirklich?«, fragt sie kläglich. »Alle?«

Ich weiß, dass sie jetzt an Andreas denkt, ihren Mann. Der oft auf Geschäftsreise ist. Ich würde ihr gerne sagen, dass ihr Mann so etwas nie tun würde. Aber das kann ich nicht. Ich weiß nicht, was Andreas so macht, wenn er abends in fremden Städten herumhängt und sich in seinem Hotelzimmer langweilt, nachdem er zu Hause angerufen und gute Nacht gesagt hat.

»Ich frage sie nicht danach«, sage ich. »Weil es für mich keine Rolle spielt. Aber ich will nicht, dass sie in Versuchung kommen, mich wiedersehen zu wollen.«

Dieser eingebaute Schutzmechanismus soll aber auch mich vor Enttäuschungen bewahren. Falls da doch mal einer sein sollte, bei dem ich mir wünschen würde, dass er mich wiedersehen will.

Ein einziges Mal bisher hätte ich schwach werden können. Steven hieß er. Er kam aus Texas, Houston, glaube ich, und seine Firma hatte mich als Konferenzdolmetscherin für ihn gebucht. Er hatte einen exakten Militärhaarschnitt in Sandblond, dunkelgraue Augen, war mindestens einsfünfundachtzig groß und schlaksig schmal, so auf die sportliche Art. Ich musste an ein Schilfrohr denken, das sich geschmeidig im Wind biegt. Ich schätzte ihn auf nicht viel älter als mich, so zweiundvierzig, dreiundvierzig. Wahrscheinlich lief er auch. Oder machte Freeclimbing. Oder Karate. Irgendetwas, wobei man alleine auf sich gestellt ist und auch mental gut drauf sein muss.

Er war sehr zurückhaltend, fast schüchtern. Irgendwie wirkte er verloren, so, als suchte er jemanden, der sich um ihn kümmerte. Am letzten Tag fragte er mich, ob wir nicht abends zusammen irgendwo hingehen wollten. Allein habe er keine Lust. Ich schlug ihm meinen Stammclub vor, und er war begeistert. Vorher lud er mich noch zum Sushi-Essen ein. Nicht im Imbiss, sondern ganz stilvoll beim Japaner.

Ich mochte ihn, wirklich. Er war nicht nur wahnsinnig attraktiv, sondern auch nett. Er hörte zu, stellte Fragen, ganz schön viele sogar, und wollte die Antwort auch tatsächlich wissen. Von sich selbst erzählte er fast gar nichts. Nur, dass er früher mal Hubschrauberpilot bei der US Army gewesen sei. Mehr sagte er nicht darüber, fast so, als sei es ihm unangenehm. Ich fragte nicht weiter. Auch nicht nach dem Ring an seinem Finger. Er hatte ihn nicht abgelegt. Manche machen das ja, weil sie denken, dass man sonst nicht mit ihnen ins Bett geht. Ich finde das lächerlich und verlogen.

Wir blieben zwei, drei Stunden in dem Club und tanzten ein bisschen zu Elektromusik. Er lächelte viel, trank nur Wasser und machte keine Anstalten, mich zu berühren. Ich gebe zu, ich wartete schon gar nicht mehr darauf, und bedauerte es ein wenig. Aber gegen eins fragte er mich dann doch noch ganz unvermittelt, ob ich mit zu ihm aufs Hotelzimmer kommen wolle.

»Ich muss um halb sechs am Flughafen sein«, setzte er gleich hinzu. »Wenn dich das nicht abschreckt … Ich würde mich freuen.« Er knetete nervös seine Finger, während er auf meine Antwort wartete. Schon komisch. Es sind immer die, bei denen man keine Sekunde überlegen muss, die am meisten Angst vor einer Abfuhr haben.

In seinem Hotelzimmer schaltete er nur die Lampe auf dem Nachttischchen ein. Wir setzten uns auf das breite Doppelbett. Noch immer wirkte er sehr verlegen. Er nahm meine Hand und hielt sie. Seine war kühl und trocken. Ich spürte jeden Knochen, wie bei einem Vogelflügel. Genau so, wie ich es mir vorgestellt hatte.

»Ich mache sowas sonst eigentlich nicht, musst du wissen«, sagte er. Ich nickte. Das sagen sie alle, natürlich. Aber ihm glaubte ich es.

»Weißt du, warum ich dich gefragt habe?«, fragte er dann. Ich schüttelte den Kopf.

»Du himmelst mich nicht an, weil ich Hubschrauberpilot war«, sagte er. »Das ist so eine Art Test. Den habe ich früher oft gemacht. Fast keine hat ihn bestanden. Was habt ihr Frauen nur immer mit Piloten. Das beleidigt doch eure Intelligenz.« Und er sagte leise: »Ich habe dich beobachtet, Valentina. You are a smart girl.«

Wenn ich ihn nicht sowieso gewollt hätte – bei diesen Worten wäre es um mich geschehen gewesen. Was sind doch gerade wir klugen Mädchen einfach herumzukriegen. Im Grunde.

»Und, wie war es?«, fragt Marita gespannt.

»Nach fünf Sekunden vorbei«, sage ich und lächle. »Ich habe doch gesagt, dass es fast immer schiefgeht.«

»Und dann?«

Natürlich war er am Boden zerstört. »I'm sorry«, wiederholte er mehrere Male ganz unglücklich. Und dann schlief er ein, von einem Moment auf den anderen. Wie vom Blitz getroffen.

Und ich, ich saß da, neben seinem minimalistisch schmalen Körper, und schaute ihn nur an. Ja, genauso wie eine dieser rührselig vor sich hinlächelnden Frauen in Hollywood-Filmen. Er lag halb auf dem Bauch, halb auf der Seite, und ich konnte mich nicht sattsehen an der Straffheit seiner langen Glieder, der ganz leicht bronzefarbenen Haut und dem dunkelblonden Gekräusel in der Leistengegend, das ein wenig unter seinem angezogenen linken Bein hervorschaute. Er rührte sich nicht. Gott, musste der müde gewesen sein. Ich hätte ihn gerne gestreichelt, aber ich wagte es nicht. Ich wollte nicht, dass er aufwachte. Nach einer Weile zupfte ich ihm ganz vorsichtig das Kondom ab und zog die Bettdecke über ihn. Ich sammelte meine verstreuten Kleider auf, zog mich an, strich ihm noch einmal ganz sacht übers Haar und schlich mich aus dem Zimmer. Unten an der Rezeption bat ich darum, ihn um vier Uhr zu wecken. Dann ging ich. Es war der richtige Moment. Mir lag nichts daran, ihm nachher, wenn er aufstehen musste, im Wege zu sein. Man weiß nie, wie sie danach sind. Manche werden kurzangebunden, ihnen ist es peinlich oder sie meinen, einem noch irgendwas sagen zu müssen, was sie für gefühlvoll halten. Mir war es lieber so.

»Aber tat das nicht weh?«, fragt Marita.

»Man darf eben nicht sentimental werden«, sage ich. »Das ist wie eine Reise. Und die endet nun mal, das weiß man vorher.«

»Eine Reise«, wiederholt Marita. »Mit den Männern von anderen Frauen.«

»Du solltest das nicht überbewerten. Ich glaube, danach wissen die meisten umso genauer, wo sie zu Hause sind.«

»Warum sagst du das jetzt?«, fragt sie misstrauisch.

»Weil du dir vorhin Sorgen gemacht hast. Wegen Andreas.«

»Wie kommst du darauf? Hab ich ja gar nicht.« Sie schaut beleidigt. »Ich vertraue Andreas.«

»Dann ist es ja gut«, sage ich.

Wir gehen bald darauf; Marita muss die Jungs vom Kindergarten abholen. Sie wendet sich noch einmal um, ich winke ihr, sie winkt zurück. Sie geht schwerfällig. Ihr Hintern ist aber auch breit geworden. Kein Wunder, dass sie so resigniert dahinschlurft. Ich drehe mich langsam um und gehe in Richtung Hauptbahnhof.

Ich weiß, dass Marita mich beneidet. Manchmal will sie nur die Freiheit sehen. Dann grollt sie mir. Das sollte sie aber nicht; es ist nicht fair. Denn sie hätte es ja genauso handhaben können wie ich. Einen auf gaukelnden Schmetterling machen. Das heißt dann aber auch: kein Ehemann, keine Kinder, kein Chef, keine finanzielle Berechenbarkeit. Dazu fehlt ihr der Mut. Auch dafür grollt sie mir. Das ist der Unterschied zwischen uns. Ich beneide sie manchmal auch. Nicht immer macht es Spaß, so bindungslos durch die Weltgeschichte zu gondeln. Bisweilen sehnt man sich nach einer Art festen Erdbasis, zu der man immer zurückkehren kann. Aber grollen tue ich Marita nicht. Dafür bin ich zu fest davon überzeugt, dass ihr Weg für mich keine Option wäre. Die Sicherheit, in der sie sich eingemummelt hat, jagt mir weit mehr Angst ein als die Unkalkulierbarkeit, von der ich umgeben bin.

Ich glaube, es gibt keine Frage, die ich mir in den letzten fünf Jahren so oft gestellt habe wie die, ob es nicht doch ginge. Irgendwie. Den ganz »normalen« Weg gehen, meine ich. Denn es hat ja schon etwas Verführerisches, es einfach so zu machen wie fast alle anderen auch: Heiraten und Kinder bekommen und halbtags arbeiten. Weil das nichts ist, wofür man sich rechtfertigen müsste, weder vor anderen noch vor sich selbst. Das muss man nur, wenn man bewusst darauf verzichtet, es so zu machen wie fast alle anderen auch. Wer das tut, hat wirklich nachgedacht. Ist in sich gegangen. Hat sich zigmal unter Schmerzen geprüft. Der ist sich ganz, ganz sicher.

Zu Hause sehe ich, dass meine Schwester mir eine Nachricht geschickt hat. Und ein Foto. Das Baby, natürlich, hatte ich fast vergessen. Carla ist heute Morgen gekommen, alles ist gut gegangen. Ich bin jetzt also Tante. Irgendwie fühlt sich das gut an. Hätte ich gar nicht erwartet. Vielleicht ist es ja das, was mir liegt, das Tantesein. Kinder brauchen gute Tanten. Oder etwa nicht?

Ich schaue gleich mal nach einem Mobile für Carla. Einem aus Holz. Mit Schmetterlingen.

Was denn sonst.

»Kenne ich die Frau?«

Irgendwie hatte Dörte ja von Anfang an gewusst, dass mit Hans-Jürgen etwas nicht stimmte. So im Nachhinein. Er war viel zu freundlich gewesen. Zu leise. Beinahe schon servil. Und überhaupt. Welcher normale Mann ging denn schon putzen. Natürlich war das Unsinn, und das wusste sie auch selbst. Sie hatte ihn sympathisch gefunden, sonst hätte sie ihn nicht eingestellt. Man lässt niemand stundenlang in sein Haus, den man nicht leiden kann. Allein nicht und erst recht nicht, wenn man selbst auch da ist. Sie wusste, dass ihre Wut auf ihn ungerecht war. Aber trotzdem. Warum hatte er sie auch in diese Situation bringen müssen. Warum ausgerechnet sie?

Isa war die einzige, der sie von Hans-Jürgen erzählt hatte, als sie zu Besuch da war. Isa, ihre Freundin von früher, mit der sie als Studentin in einer Zweier-WG auf dreiundvierzig Quadratmetern zusammengewohnt, Kochexperimente veranstaltet, Regale aus Brettern und Dachziegeln zusammengebastelt und wilde Nächte in verräucherten Musikkellern durchgemacht hatte. Wem hätte sie es sonst erzählen können. Einer der braven Kita-Muttis vielleicht? Nein. Niemandem von hier. Natürlich nicht.

»Ach, noch was, erwähn es bitte nicht, wenn Dietmar dabei ist«, hatte Dörte noch dazu gesagt. »Der weiß nichts davon.«

Isa hatte amüsiert gegrinst. »OK. Und warum so ein Geheimnis daraus machen?«

Das war eine gute Frage, über die Dörte auch schon selbst nachgedacht hatte.

Früher hätte sie es Dietmar erzählt, sein Urteil in dieser Sache hingenommen, es ausgeführt und sich dabei auf ihn berufen, wie ein Richter auf das Gesetzbuch. Es wäre kein Problem, es diesmal auch so zu machen.

Sie hatte ihren Mann immer bewundert, weil er so überlegen wirkte, so sicher. Niemals hin- und hergerissen. Wie sie. Jemand mit einer klaren Meinung. Genau so einen Menschen hatte sie gebraucht. Damals vor fünfzehn Jahren.

Aber diesmal wollte sie selbst eine Entscheidung treffen. Es würde ein kleiner Aufstand sein, ein stiller, unbemerkter zwar, aber immerhin. Das wollte sie Isa aber nicht sagen. Es wäre ihr illoyal vorgekommen.

»Ach, warum ihn damit behelligen«, sagte sie stattdessen unwillig. »Schließlich ist es mein Putzmann. Er kriegt ihn ja überhaupt nicht zu sehen.«

Isa lächelte. »Von meinen zwei verheirateten Liebhabern weiß er auch nichts, oder? Nur damit ich weiß, was ich sagen darf und was nicht.«

Dörte fühlte sich ertappt. Es stimmte; sie hatte Dietmar (der sich für Isa durchaus interessierte und hin und wieder fragte, was sie denn »so mache«, womit er meinte, in welcher von vornherein dem Untergang geweihten Beziehung sie sich denn nun wieder verstrickt habe) nichts davon gesagt, dass Isa seit nunmehr zweieinhalb Jahren parallel mit zwei gebundenen Männern liiert war. Sie hatte nicht gewollt, dass er etwas Abfälliges über sie sagte. Wobei er wahrscheinlich gar nichts gesagt hätte. Sondern nur die Augenbrauen hochgezogen, auf diese sarkastische Art, wie er es immer tat, wenn ihm etwas missfiel.

Sie ärgerte sich darüber, dass sie sich für ihren Mann schämte.

Isa und sie hatten sich länger nicht gesehen, bestimmt fünf Jahre lang nicht. Die Kinder waren beim letzten Mal jedenfalls noch nicht auf der Welt gewesen.

Dörte war etwas beunruhigt gewesen, ob Isa sich auch nicht langweilen würde. Nicht immer begriffen Kinderlose ja, in welchem Maße Kinder das Leben ihrer Eltern (das der Mütter, genauer gesagt) auf den Kopf stellten. Aber Isa war alles recht gewesen. Dass aus dem geplanten Weggehen am Samstagabend nichts wurde, weil Dörte dann doch wieder zu müde war, um all die damit verbundenen Präliminarien (Klamotten raussuchen, schminken, Haar machen, eine halbe Stunde in die Stadt fahren, Parkplatz suchen) auf sich zu nehmen. Dass am Sonntag Familienausflug mit Wildschweinefüttern bei feuchtkaltem, frösteligem Herbstwetter angesagt war. Und dass der krönende Abschluss am Montagnachmittag darin bestand, dass sie mit den Kindern zu IKEA fuhren, dort Fleischklößchen, Kinderpasta, Softeis und Apfelstrudel im Restaurant aßen und zwei weitere Stunden Zeit damit totschlugen, die Kinder auf den ausgestellten Möbeln herumkrabbeln zu lassen.

Einerseits war Dörte dankbar dafür gewesen, dass Isa sich durch nichts aus der Ruhe bringen ließ. Andererseits hatte es sie aber auch etwas verstört. Wie kam es, dass Isa so gelassen blieb bei Nicks die Wände zum Wackeln bringenden Tobsuchtsanfällen, wenn er ins Bett sollte, während sie ihren Sohn manchmal am liebsten packen, anbrüllen und aus dem Zimmer schleifen wollte? Selbst als Gerrit sich auf dem Rückweg vom Wildgehege heftig erbrach und die neben ihm sitzende Isa den ganzen schaurigen, halbverdauten Brei aus Apfelsaft und Zwieback abbekam, verzog sie keine Miene. Während Dörte Gerrit hätte erwürgen können.

Isa hatte sich verändert seit dem letzten Mal. Früher hatte sie manchmal sehr viel und schnell geredet, sozusagen laut und sprunghaft gedacht, als ob ihr Kompass sich orientierungslos im Kreis drehte. Jetzt lächelte sie stattdessen oft nur und sprach wenig und mit Bedacht. Wie jemand, der sich seines Kurses sicher war. Sie habe es endlich aufgegeben, zu versuchen, etwas zu sein, was sie nun einmal nicht war, hatte Isa bloß schulterzuckend gesagt, als Dörte sie darauf ansprach. Der Rest komme dann ganz von selbst.

Attraktiv war Isa schon immer gewesen, aber etwas hatte immer gefehlt, wie das letzte Teil eines Puzzles. Jetzt war es da, man konnte es vielleicht ein inneres Leuchten nennen, und der Effekt war erstaunlich. Dörte beobachtete, wie sich Dietmar in Isas Gegenwart wie ein Ochsenfrosch bis zum Platzen aufblies. Sie musterte Dietmar, als hätte sie ihn seit Jahren nicht mehr angesehen; seine fortschreitenden Geheimratsecken und das sorgfältig gekämmte Haar dazwischen, das sich trotzdem zum Hahnenkamm hochsträubte, das Bäuchlein, das sich über dem Hosenbund gebildet hatte. Sein Kinn mit der tiefen Spalte schien ihr noch eigensinniger vorgewölbt als sonst. Wenn der wüsste, dachte sie, und sie verachtete ihn ein wenig, weil er nicht merkte, wie gelangweilt Isa von seinen Wichtigtuereien war.

Dörte hatte Isa immer ein wenig bedauert. Verehrer hatte sie mehr als genug; aber es war nie einer dabei gewesen, bei dem sie hätte Wurzeln schlagen können. Ob sie darunter gelitten hatte, wusste Dörte nicht. Sie hatte sie nie danach gefragt, und Isa selbst hatte nie etwas darüber verlauten lassen. Natürlich nicht, wer gab auch schon zu, dass es ihm Angst machte, ganz allein vorm Leben zu stehen. Da wäre man sich defizitär bei vorgekommen. Denn man musste ja mit sich selbst klarkommen, unter allen Umständen. Und nicht etwa bloß über die Runden kommen, sondern ein glücklicher Single sein. Auch wenn man auf die vierzig zuging und nach wie vor unverwurzelt war.

Mittlerweile grübelte Dörte immer öfter darüber nach, ob man auch zu fest verwurzelt sein konnte. Zu fest, um noch überleben zu können, wenn man jemals seinen Standort wechseln wollte. Oder musste.

»Wie geht es dir hier denn nun eigentlich so?«, wollte Isa am Abend vor ihrer Abreise wissen, als die Kinder endlich im Bett waren und sie bei einem Glas Wein zusammensaßen.

Das war noch so eine Frage, die Dörte sich manchmal selbst stellte und nie beantwortete. Man sollte sich selbst nicht so wichtig nehmen, lautete ihre Begründung dafür. Nicht so genau hinfühlen.

»Ach, es könnte schlimmer sein«, sagte sie. »Man gewöhnt sich.«

An fast alles. An die nervtötend langen, aber immer heiß herbeigesehnten Fahrten nach Hause, hoch an die dänische Grenze, die sie auf sich nahm, sobald sie drei freie Tage am Stück hatte. An die von Dietmar hochgeschätzte lokale Küche, deren wichtigste Gerichte sie inzwischen authentisch nachkochen konnte. An die Tatsache, dass sie immer und überall hervorstach, nordisch blond, blauäugig und einsfünfundachtzig, dazu mit dem unverkennbaren Einschlag der schleswig-holsteinischen Nordseeküste in der Sprache.

Was ihr schon mehr zusetzte, waren all die Menschen. Dort, wo sie herkam, waren Menschen etwas, das in der Landschaft kaum vorkam, und wenn doch, dann als kleiner, vereinzelter Punkt, den man mit den Augen verfolgen konnte. Hier, im Stuttgarter Speckgürtel, war vor Menschen kaum noch Landschaft. Fürchterlich. Sie krochen übereinander wie geschäftige Termiten. Man konnte direkt Platzangst kriegen. Nie war man mal für sich.

Es war eine Gegend, in die sie niemals gezogen wäre, freiwillig. Sie war ihr fremder als fast alles Ausland, in dem sie gewesen war. Einschließlich Chile und Hongkong. Da war wenigstens von vornherein klar gewesen, dass alles total anders sein würde. Man erwartete den Kulturschock. Hier hingegen war nichts wirklich fremd, nur nervig anders. Irgendwie so knapp daneben. Und der Schock konnte umso größer sein.

Ins Ausland war sie aus Entdeckungslust gegangen. Hierher aus Sachzwängen. Wobei der einzige Sachzwang im Grunde ihr Mann gewesen war. Besser gesagt: Seine Unlust, sich aus dem »Ländle«

fortzubewegen. Oder auch nur seinen Bewegungsradius auf mehr als fünfzig Kilometer um seinen Heimatort herum zu erweitern. Sicher, diese Unlust hatte sich hinter guten Gründen tarnen lassen. Die Beschäftigungsaussichten in der Evangelischen Landeskirche waren in Schleswig-Holstein erdrückend schlechter gewesen. Es wurden Assessment Center abgehalten, und nur jeder Zwanzigste hatte überhaupt noch Chancen auf die Übernahme ins Pastorenamt. Es wäre unvernünftig gewesen, es darauf ankommen zu lassen. Sie hatte es ja eingesehen. Vielleicht ein wenig zu bereitwillig, wie sie heute fand. Und auch er hatte nicht versucht, Einwände zu machen, nicht mal zum Schein, wie etwa: Wenn es dir so wichtig ist, versuch es doch wenigstens. Oder: Aber du hängst doch so an deiner Familie, kriegst du da nicht Heimweh, auf Dauer? Er hatte es hingenommen, mit einem unüberraschten Nicken, so, als hätte er nichts anderes erwartet.

Vielleicht wurde man das in einer traditionellen Ehe, zu der ihre ja inzwischen geworden war. Vorhersagbar. Erstaunt stellte sie fest, dass sie das zum ersten Mal so ausgesprochen hatte, wenn auch unhörbar, nur in ihrem Kopf.

»Man gewöhnt sich?«, wiederholte Isa. »Das ist ein bisschen wenig für all das, was du auf dich genommen hast.«

»Wie das klingt. Als ob ich hier etwas auszustehen hätte.«

Isa zögerte einen Moment. Ihr war anzusehen, dass sie sich fragte, ob sie die Worte, die ihr auf der Zunge lagen, herauslassen oder doch besser herunterschlucken sollte.

»Du wirkst schon ziemlich gestresst«, sagte sie schließlich. Das war wahrscheinlich der Mittelweg zwischen dem, was sie eigentlich meinte, und dem anderen Extrem, einer höflichen, beschwichtigenden Phrase.

»Na ja, du siehst doch, wie es ist.« Dörte machte eine ungeduldige Handbewegung. »Die Kinder sind total anstrengend.«

»Die Kinder?«, wiederholte Isa. »Bist du sicher, dass es die Kinder sind?«

»Was denn sonst?«, fragte Dörte zurück. »Sie fressen mich total auf.« Sie wartete förmlich auf die Frage, die viele jetzt gestellt hätten. Aber du wolltest sie doch, oder? Und gleich zwei und so dicht hintereinander.

Isa stellte die Frage nicht, dafür war Dörte ihr dankbar. Aber die andere Frage, die blieb ihr nicht erspart.

»Warum holst du dir dann nicht mehr Betreuung?«, meinte Isa. »Dietmar verdient doch bombig. Da ist doch mehr drin als drei Stunden Tagesmutter. Und du könntest mal wieder was für dich tun.«

»Aber ich will sie ja bei mir haben«, sagte Dörte. »Ich habe keine Kinder bekommen, um sie dann dauernd abzugeben. Das ist doch nicht der Sinn der Sache.«

Sie hatte neulich von Frauen gelesen, die es so empfanden, dass ihre Kinder eine unzumutbare Last für sie waren, und es gewagt hatten, dies auch auszusprechen. »Regretting Motherhood«, so nannten Wissenschaftler dieses Phänomen. Es wurden mittlerweile Bücher darüber geschrieben und Diskussionsforen eingerichtet. Was sie in Panik versetzt hatte, war, dass auch Frauen darunter waren, die unbedingt Kinder gewollt hatten. Wie sie. Und ihre Kinder gleichzeitig auch liebten. Wie sie. Das war monströs. Vielleicht war sie auch so eine. So ein Monster. Manchmal wusste sie es einfach nicht.

Aber wie auch immer. Sprechen würde sie nicht darüber. Mit niemandem. Was nicht gesagt wurde, das gab es auch nicht. Nach außen hin war alles in Ordnung, der Schein gewahrt. Und das würde auch so bleiben.

»Wann bist du zurück? Morgen Abend?«

Dietmar schüttelte den Kopf und räusperte sich. »Nein, diesmal muss ich bis Freitag bleiben. Vormittags noch Besuch bei einem Neukunden.« Er faltete die Zeitung zusammen. »Und dieses Wochenende ist die Ausstellung mit dem Modellflugclub.«

»Aber ich habe dieses Wochenende Bereitschaft«, protestierte Dörte. »Wo soll ich mit den Kindern hin, wenn eine Beerdigung dazwischenkommt?«

»Hatten wir das nicht besprochen?« Dietmar sah irritiert aus.
»Kannst du nicht noch tauschen?«

»Mal sehen.« Dörte kochte. »Im Kalender eingetragen war es jedenfalls nicht.« Zu Hause, dachte sie, wäre so etwas gar kein Ding. Ihre Schwester, ihr Bruder, Oma und Opa, jeder von ihnen hätte einspringen können. Dietmars Eltern wohnten nur wenige Kilometer entfernt. Aber wenn überhaupt wollten sie Besuch von den Enkeln nur, wenn Dietmar und sie auch dabei waren und die Kinder in Schach hielten. Alles andere strengte sie viel zu sehr an. Dietmar rieb an seiner Brille herum und hauchte auf die Gläser.

»Und, Isa gut nach Hause gekommen?«

Dörte nickte.

»Erstaunlich, dass eine so hübsche Frau einfach nichts von Dauer findet«, bemerkte Dietmar. Dörte schnaubte kurz auf. Dietmar missverstand das.

»Du brauchst doch jetzt nicht eifersüchtig sein, weil ich sage, dass sie eine hübsche Frau ist.« Er stand auf, trank noch einen Schluck Kaffee und gab Dörte einen Kuss auf die Nase. »Dazu besteht kein Grund. Ich hab doch auch ein hübsches Frauchen.«

Er ging nach oben, um sich seine Krawatte umzubinden. Anders als die meisten Männer trug Dietmar gerne Krawatten. Sie schienen ihn nicht zu behindern, sondern eher zu komplettieren. Sie waren Insignien seiner Autorität als Geschäftsmann, wie Aktentasche und Notebook.

Auf dem Esszimmertisch lag sein Smartphone. Dörte griff danach und tippte darauf herum, ohne zu wissen, was genau sie im Sinn hatte. Ein paar WhatsApp-Nachrichten poppten auf, die sie sofort wieder wegdrückte.

»Legst du mir das graue Sakko raus, bitte?«, rief Dietmar von oben.

Dörte schmiss das Telefon zurück auf den Esstisch, als hätte es in ihrer Hand angefangen zu glühen, genauso hässlich wie ihr Gesicht. Fehlte nur noch, dass sie das Sakko auf Lippenstiftspuren oder lange, nicht von ihr stammende Haare absuchte.

Dietmar war abreisefertig. Er verabschiedete sich von den Kindern, die noch am Frühstückstisch saßen.

»Mach's gut, mein Großer.« Er kniff Nick in die honigverschmierte Wange. »Schön lieb sein, hörst du? Mama wird mir heute Abend sagen, ob du brav warst.«

Gerrit fuhr er über das weiche, hellblonde Haar und stupste ihn mit dem Zeigefinger in den Bauch. »Auf Wiedersehen, mein Schatz.«

Es war nicht so, dass Dietmar nicht mit anpackte; wenn er denn da war. Aber sein Leben hatte sich kaum verändert. Für ihn war lediglich etwas dazugekommen, etwas Angenehmes, das ihn an rein gar nichts hinderte. Er ging trotzdem auf seine Geschäftsreisen und betrieb seine Hobbys unbeirrt weiter. Sie selbst dagegen hatte ihre Habilitationspläne endgültig aufgegeben. Allein der Gedanke, einmal die Woche durch die halbe Republik zu fliegen, um an der Uni ihren Lehrverpflichtungen nachzukommen, wie vor den Kindern, war absurd. Und für Zeichen- oder Sportkurse war sie einfach zu geschafft.

Er zahlte den Preis nicht, dachte sie. Das war das Unfaire.

Sie konnte ihm nicht einmal etwas vorwerfen. Er hatte sie zu nichts gedrängt; die klassische Arbeitsteilung hatte sich ganz von selbst eingestellt. Er der Superverdiener, der ihnen den gehobenen Lebensstandard mit großzügigem Haus in bester Lage und regelmäßigem Familienurlaub im Ausland ermöglichte; sie die Supermama mit Halbtagsstelle, die ihm den Rücken freihielt, wie es so schön hieß.

Wie sie diesen Ausdruck früher immer gehasst hatte. Nun hatte sie es selbst erwischt. Die Falle war zugeschnappt.

Sie begleitete Dietmar bis zur Haustür.

»Holst du mir nochmal ein feuchtes Taschentuch?«, fragte Dietmar. »Ich klebe.«

Dörte brachte es ihm. Er wischte sich sorgfältig die Finger ab, drückte ihr das benutzte Taschentuch in die Hand und schritt zu dem an der Straße vor dem Haus geparkten Firmenwagen. Der

Motor röhrte auf, ein Winken, und er verschwand um die Ecke, für die nächsten drei Tage.

So einfach konnte das gehen.

Dörte fuhr Nick und Gerrit zur Tagesmutter, räumte den Frühstückstisch ab, rieb ein paar klebrige Flecken weg und fegte die Krümel zusammen. Ihr wurde klar, dass sie noch immer nicht wusste, was sie mit Hans-Jürgen nun eigentlich machen sollte.

Nach dem Vorfall letzte Woche hatte sie ihn nach Hause geschickt, und er war auch gegangen, verwirrt und peinlich berührt, wie er in dem Moment war. Zwei Tage später hatte er sie per E-Mail um ein Gespräch gebeten.

Dörte stellte Kaffeetassen und eine Schale mit Erdnusskeksen auf den Tisch. Sie nahm einen Keks und biss ein Stück davon ab. Er schmeckte staubig und kleisterte ihren Mund zu. Es kam ihr vor, als würde sie nie wieder ein Wort herausbringen können. Ihre Zähne mahlten knirschend auf der trockenen Masse herum. Der Kaffee war sehr stark geraten. Es war zwanzig nach acht. Halb neun hatten sie abgesprochen. Sie beschloss, sich noch eben schnell eine Tasse Tee zu machen, während sie wartete.

Dieser Hans-Jürgen. Nie hätte sie das von ihm gedacht. Aber von wem dachte man so was auch schon. Erst recht nicht von einem ihrer Gemeindemitglieder. Sie wirkten alle so brav, so bieder, so dermaßen jenseits von allem, was sich außerhalb der Norm bewegte. Als wüssten sie nicht einmal, dass es das geben konnte; ein Leben außerhalb davon.

Hans-Jürgen war da keine Ausnahme gewesen: ein völlig unauffälliger, regelmäßiger Gottesdienstbesucher. Auch das war hier die Norm. Hier in den evangelischen Enklaven Baden-Württembergs sahen sich die Gläubigen als eine Art Bollwerk gegen die Mehrheitsreligion, von der sie umzingelt waren, und ließen sich auch weitaus öfter in der Kirche blicken, um Zusammenhalt zu demonstrieren. Das war natürlich erfreulich. Einerseits. Andererseits konnten sie auch ganz schön vereinnahmend sein, ihre

Schäfchen. In Ruhe durchs Dorf schlendern war nicht drin, immerzu lief einem jemand über den Weg und meinte, mit der Frau Pastorin ein Schwätzchen halten zu müssen. Darüber, dass sie die letzte Taufe ja so schön gemacht habe. Dass man mit der Predigt neulich sonntags nicht so ganz einverstanden gewesen sei. Und dass sie doch so viel zugänglicher wirke als der Kollege, mit dem sie sich die Stelle teilte.

Auch auf Hans-Jürgen hatte sie offenbar sehr zugänglich gewirkt. Sonst hätte er vielleicht nicht den Mut gehabt, noch um dieses Gespräch zu bitten. Sondern gleich gekündigt, von sich aus. Vielleicht, dachte sie ärgerlich, hatte er es sogar darauf angelegt, von ihr überrascht zu werden. Aber nein, das konnte nicht sein. Woher hätte er schon wissen sollen, dass sie eine Stunde früher nach Hause kommen würde, weil ein Termin ausgefallen war.

Es klingelte an der Tür. Zwei Minuten vor halb neun. Er war zu früh. Zwei Minuten. Er schien doch nervös zu sein.

Sie würde ihn kommen lassen, beschloss sie auf dem Weg zur Tür. Er wollte schließlich etwas von ihr. Sollte er doch sagen, was.

»Ist der Kaffee zu stark?«

»Nein, nein, gar nicht.« Hans-Jürgen saß ihr gegenüber und rührte langsam in seiner Tasse. Seit bestimmt schon zwei Minuten. Er hatte noch kein Wort gesagt und hielt den Blick gesenkt. Dörte fühlte noch mehr Gereiztheit in sich aufsteigen.

»Worüber wollten Sie denn mit mir sprechen?«, fragte sie. Mit Mühe hielt sie den Drang zurück, mit den Fingern auf die Tischplatte zu trommeln.

Hans-Jürgen starrte noch immer hartnäckig in seine Kaffeetasse. Dörte sah nur seine akkurat kurz geschnittenen, dunkelgraumelierten Haare. Er rieb sich mit einer Hand über Mund und Kinn und räusperte sich.

»Das ist nicht so einfach für mich«, murmelte er. »Können Sie sich das vorstellen?«

»Sicher.« Dörtes Unwillen wuchs weiter; was dachte er, wie das

hier für sie war.»Aber Sie werden ja Ihre Gründe gehabt haben, mich um dieses Gespräch zu bitten.«
»Nun ja … Ich dachte … Reden muss man ja wohl schon mal darüber.« Er sah sie kurz an. Dunkelbraune, schwerlidrige Augen, schmale, gerade Nase und fein geschnittener, breiter Mund. Das angenehme, etwas nichtssagende Gesicht eines Mannes Anfang fünfzig.

»Wie lange … machen Sie das denn schon?«, fragte Dörte. Er zuckte die Schultern.»So lange ich denken kann.«

»Und weiß jemand davon?«

Er schüttelte den Kopf.»Meine Frau weiß es. Ich habe es ihr gesagt. Aber erst vor kurzem.«

»Und wie hat sie es aufgenommen?«

»Gar nicht gut.« Er zog die Stirn in bekümmerte Falten.»Sie hat sich furchtbar aufgeregt. Und sie meint … sie meint, ich müsste mal zum Arzt.«

»Meinen Sie das auch?«

Er sagte nichts und sah sie an, hilflos, als hoffte er, sie würde die Antwort geben können.

»Ich habe ja versucht, das zu unterdrücken«, sagte er dann langsam.»Weil ich wusste, dass es … nicht gern gesehen ist. Aber was soll ich machen.« Er seufzte.»Meine Frau hat gesagt, sie will nicht, dass ich das zu Hause mache. Wenn ich es schon nicht lassen kann. Unsere Söhne wissen von nichts.«

»Und haben Sie darum diese Putzstelle gesucht?«

»Nun ja …« Er wand sich wieder ein wenig.»Es kam mir wie ein Ausweg vor. So konnte ich die Bedingung meiner Frau ja erfüllen. Und es ist etwas, das ich noch gut machen kann. Leichte Arbeit.«

Er war früher Hausmeister gewesen, so viel wusste Dörte. Dann hatte er irgendwann einen Unfall gehabt und war seither eingeschränkt erwerbsfähig.

»Und wie, meinen Sie, soll es jetzt weitergehen?« Dörte kämpfte um einen professionell-neutralen Ton.»Oder anders gefragt, was erwarten Sie jetzt von mir?«

Sie hatte gerufen, als sie nach Hause kam, früher als geplant, wie man eben so ruft, hallo, ich bin schon wieder zurück, damit der andere, der noch nicht mit einem rechnet, gewarnt ist. In Hans-Jürgens Fall war gewarnt durchaus das passende Wort. Allerdings hatte er die Warnung überhört. Und so war sie völlig ahnungslos die Treppe zum ersten Stock hochgekommen und hatte durch die halb offen stehende Tür direkt in das Schlafzimmer geblickt.

Erst hatte sie gedacht, was ist das, was macht diese fremde Frau in meinem Schlafzimmer. Aber es war keine fremde Frau, es war Hans-Jürgen, der da stand, vor dem großen Spiegel des Kleiderschranks, in dem man sich von Kopf bis Fuß sehen konnte, auch wenn man über ein Meter achtzig groß war, und sich in den Hüften wiegte. Völlig versunken war er in seinen Anblick; nein, für den wäre jede Warnung zu spät gekommen. Und selbst wenn er sie gehört hätte – das hier zu vertuschen, wäre nicht mehr möglich gewesen.

Vielleicht hätte er sich noch hastig etwas überwerfen können, in seine Jeans steigen, sich seinen Pullover greifen und über den Kopf ziehen. Die Pumps, die er an den Füßen trug, unter das Bett kicken und irgendeine Ausrede erfinden, warum er keine Socken trug, vielleicht, dass sie nass geworden waren beim Wischen oder so etwas. Die langen Ohrhänger mit den Clips abziehen und in die Hosentasche stopfen. Aber das Make-up, das hätte ihn verraten, das hätte er nicht mehr entfernen können.

Und er trug Make-up, mehr, als sie jemals in ihrem ganzen Leben getragen hatte. Blausilbern gemalte Lider, ein kirschroter, feucht schimmernder Mund, lange, künstliche Wimpern über dramatisch schwarz umrandeten Augen, all das zu einem ebenmäßig getünchten Elfenbeinteint.

Sie hatte da gestanden, in der Tür, und nur geschaut, dieses bizarre Wesen angestarrt, das sich da vor ihrem Spiegel in Pose warf, die Hände in die Taille gestemmt, den Oberkörper hin- und herdrehte und sich an sich selbst nicht sattsehen konnte. Und: ihr,

Dörtes, Abendkleid trug. Das schwarze mit dem Neckholder, dem tiefen Rückenausschnitt und dem vielen Glitzer. Und dazu eine schillernd schwarze Federboa, mit der er kokett herumwedelte. Er sah gut aus in dem Kleid. Besser als sie, wie sie fand. Sexy sogar. Irgendwie war es das richtige Kleid für breite Schultern, schmale Hüften und einen strammen, wenig ausladenden Hintern. Für eine athletische Männerfigur eben, so komisch das klang. Sie stand da, fast eine halbe Minute lang, und konnte die Augen nicht von ihm losreißen. Sie hätte ihn ansprechen müssen, sie war doch kein Voyeur, aber ihr fiel nicht ein, wie; was sagte man da nur?

Dann verlagerte sie unbewusst das Gewicht, sie musste es, egal, was auch immer sie nun tun wollte, sich umdrehen und weg- oder auf ihn zugehen. Er nahm diese minimale Bewegung hinter sich wahr und fuhr zu ihr herum.

»Oh, Sie sind … schon da«, hatte er gestammelt und da gestanden, plötzlich erschlafft, zusammenschrumpelnd, als wollte er sich möglichst klein machen.

Sie hatte unten gesessen und auf ihn gewartet. Mit in den Ohren dröhnendem, rasendem Puls. Und als er dann schließlich die Treppe heruntergeschlichen kam und zum Sprechen ansetzte, war ihr nichts Besseres eingefallen, als ihm das Wort abzuschneiden und ihm zu sagen, dass er jetzt wohl besser gehe.

Und leider fiel ihr auch jetzt keine wirklich souveräne Reaktion ein. Auf die ritualisierten Formeln, hinter denen sie sich in ihrem Beruf so oft verstecken konnte, war in diesem Fall leider kein Rückgriff möglich.

»Was ich von Ihnen erwarte?« Er sah verdattert aus. »Ich weiß nicht. Ich dachte immer, mit Ihnen kann man … über so etwas reden. Ein Kollege von mir … hat Sie neulich gesehen. Im ›Hinterhof‹. Und da war … Gay-Nacht. Ich meine … Sie wären da doch nicht hingegangen, wenn Sie … mit so etwas ein Problem hätten.«

Sie erinnerte sich an den Abend. Es stimmte, sie war da gewesen, mit einer Bekannten, die in Stuttgart ein Seminar gehabt hatte. Ihnen war die Gay Night egal gewesen, der »Hinterhof« war ein netter Laden, sie hatten sich bloß amüsieren wollen. Ein Kollege von Hans-Jürgen hatte sie also gesehen. Aha. Und deswegen sollte sie jetzt Verständnis haben. Eigentlich hatte sie das ja auch. Sie stieß sich nicht an Andersartigkeit. Aber trotzdem konnte er von ihr doch wohl nicht verlangen, dass sie ihn nun einfach weiter sein Ding hier abziehen lassen würde.

»Nur dass eines klar ist, in meinem Haus geht das nicht mehr.«

Er nickte, als hätte er nichts anderes erwartet. Das passte ihr auch wieder nicht.

»Wenn Sie sich daran halten, dürfen Sie gerne weiter bei mir putzen. Es sei denn, Sie wollen nicht mehr, natürlich.«

»Eine Frage …« sagte er zögernd. »Was stört Sie denn so daran?«

Das ging ihn überhaupt nichts an. Aber das musste sie ihm ja nun nicht auch noch vor den Latz knallen. Sie kam auch so schon unsympathisch genug rüber, wie ihr sehr wohl bewusst war.

»Ich mag es nicht, wenn Sie meine Kleider tragen.«

»Ich habe sonst nie … nur dieses Kleid. Sie müssen übrigens fantastisch darin aussehen, würde ich meinen«, stammelte er. »Aber ansonsten … Nein, wirklich nicht. Ich habe meine eigene Garderobe. Wenn es nur das ist …«

Er konnte sagen, was er wollte, sie wurde nur immer wütender.

»Es ist nicht nur das. Mein Mann würde das niemals gutheißen.«

»Ihr Mann. Ach so.« Er wurde jetzt, da ihm dämmerte, dass er nichts zu verlieren hatte, ein wenig kecker. »Aber Ihr Mann ist doch nicht Sie. Was denken Sie?«

Sie ging nicht darauf ein.

»Ich denke, dass Sie noch einmal mit Ihrer Frau sprechen sollten«, sagte sie fest. »Und dass wir weiter nichts zu besprechen haben. Überlegen Sie es sich und teilen Sie mir mit, wie Sie sich entschieden haben.«

Er lächelte.

»Du hast was? Ihm gekündigt? Aber warum?«

Zu Dietmar hatte Dörte gesagt, dass sie mit Hans-Jürgens Leistung nicht zufrieden war. Aber das konnte sie Isa gegenüber natürlich nicht behaupten.

»Ich will Dietmar nicht anlügen müssen.«

»Das müsstest du doch gar nicht. Als ob dein Mann sich dafür interessiert. Warum gönnst du ihm diesen Freiraum denn nicht?«

Freiraum. Nein. Genau darum ging es. Freiraum gönnte sie eben niemandem. In ihrem Leben war schließlich auch kein Platz dafür.

»Wenn ich ihn machen lasse, geht er damit dem Konflikt doch nur aus dem Weg. Es ändert nichts.«

»Mensch, Dörte«, sagte Isa. »Was soll er denn machen? Sich outen? Ausgerechnet bei euch da unten, wo die Leute Petitionen dagegen unterschreiben, dass in Schulbüchern das Wort Homosexualität auftaucht? Der ist erledigt, wenn er das macht. Was ist bloß los mit dir?«

Dörte sah Hans-Jürgen noch ein paar Mal im Gottesdienst. Nach einigen Wochen dann nicht mehr. Sie fragte ihren Kollegen, mit dem sie sich am Sonntag abwechselte, nach ihm. Doch, sagte er, Hans-Jürgen, der sei immer noch regelmäßig da.

An einem Sonntag nach der Predigt fragte sie Hans-Jürgens Frau, was denn mit Hans-Jürgen sei.

»Er hat eine Stelle in Stuttgart angenommen. Als Nachtwächter.« Seine Frau war völlig arglos, da hätte Dörte wetten mögen. Sie wusste nicht, dass die Frau Pastorin im Bilde war. »Und da ist er jedes zweite Wochenende dran.«

Dörte fasste einen Entschluss. Ob sie ihr etwas für Hans-Jürgen mitgeben dürfe, fragte sie seine Frau. »Ein kleines Dankeschön für seine guten Dienste«, fügte sie hinzu. Die Frau strahlte.

»Wir sind eingeladen«, sagte Dietmar zu ihr. »Beim Geschäftsführer. Samstag in zwei Wochen. Cocktailparty. Erscheinen natürlich Pflicht. Elegante Garderobe erbeten.«

»Meinst du, das graue Kostüm reicht dafür?«, fragte Dörte. »Das ist zu formell, ich dachte eher an dieses schwarze Teil«, sagte Dietmar. »Für den Anlass genau das Richtige.« »Das hab ich nicht mehr«, sagte Dörte. Er schaute überrascht. »Wie, das kleine Schwarze, wo ist das denn hin?«

»Ich habe es weggegeben«, sagte sie.

»Weggegeben?«

»Verschenkt«, korrigierte sie sich. »Ich habe es verschenkt. »An wen denn? Kenne ich die Frau?«

»Nein.« Sie stellte sich vor, wie Hans-Jürgen gucken würde, wenn er das Paket aufmachte. »Aber es steht ihr. Wirklich gut.« Sie lächelte. »Viel besser als mir.«

No reason to be clean

Alle fragen mich immer, ob ich wegen der Liebe nach Portugal gegangen bin. Das scheint für viele ja der einzige Grund zu sein, den sie sich überhaupt vorstellen können, um auszuwandern. Irgendwie stimmt es sogar auch, aber anders, als sie denken. Mich hat kein Portugiese betört, sondern Porto, die Stadt an der Atlantikmündung. Vorher hatte ich keine Ahnung, wie schön es hier ist. Portugal, das war das Land irgendwo hinter Spanien, das ich so gar nicht auf dem Radar hatte.»Hauptstadt Lissabon«, hatte ich damals in der Schule gelernt, als wir in Erdkunde Europa durchnahmen, das war es dann aber auch schon. Mehr als das mussten wir über Portugal nicht wissen.

Vor drei Jahren, da war ich vierunddreißig, spielte ich in einer Band. Wir haben wirklich lässige Mucke gemacht, Jazz mit Latin-Einflüssen, so was, und waren regional auch ziemlich erfolgreich. Unser Bassmann kannte jemanden in Porto, der wiederum einen Musikclub hatte und uns fragte, ob wir nicht Lust auf einen Gig bei ihm hätten. Wir waren alle gleich dafür, also griffen wir tief in die Bandkasse, gönnten uns ein paar neue Klamotten und flogen nach Porto. Dort haben wir dann zwei Nächte lang in dem Club gespielt.

Dabei hat sich der Bekannte von dem Bassmann in mich verguckt, ein alter Sack, weit über fünfzig. Er war so einer von der Sorte, die ständig an einem herumtatschen, -knabbern und -sabbern müssen, aber dann nicht können, weil nichts mehr so richtig funktioniert. Eklig war das. Aber er hat mir die Stadt gezeigt, und in die habe ich mich verliebt. Bei meinem zweiten Urlaub – der alte Sack hatte mich gleich wieder eingeladen – ging mir auf, dass ich ja eigentlich auch einfach bleiben konnte. Mich hielt damals nichts und niemand in Nürnberg, männermäßig herrschte Totalflaute und der Job in der Musikschule lief auch zum nächsten Monatsersten aus. Also habe ich nicht mehr lange überlegt und es einfach gemacht.

Die zwei Monate, die ich bei dem alten Sack hausen musste, waren grausam. Aber dann habe ich auch schon Filipe kennengelernt.

Das Gefühl, das ich damals hatte, diese anfängliche Begeisterung, die ist inzwischen weg. Das liegt nicht an Porto, ich möchte nirgendwo anders wohnen, und zurück nach Deutschland will ich erst recht nicht. Aber das Leben ist hart hier. Hart geworden.

Wenn man nach Bildern von Porto im Internet googelt, dann sieht man immer dieselben Postkartenansichten. Von der bonbonfarbenen Altstadt, die sich über dem Douro türmt wie dahingestreute quietschgelbe, knallorange und schrillblaue Zuckerwürfel. Die an den auf die Seite gekippten Eiffelturm erinnernde Brücke Maria Pia, wahlweise kitschig erleuchtet über grellen Lichtspiegelungen, hinter malerisch in Szene gesetzten Rabelo-Booten oder vor im Sonnenuntergang rosa glühenden Modellwolken. Wenn man etwas weiter herunterscrollt, die Vorderfronten wahnwitzig schmaler, kühn übereinandergestapelter Häuser mit schmiedeeisernen Balkons, fröhlich gemusterten Markisen und im Wind flatternder Wäsche. All das mehr oder weniger offensichtlich fotogeshoppt und nachkoloriert.

Ich muss bei diesen Bildern immer an Schönheitsoperationen denken. Die Fassade ist geliftet, aber irgendetwas verrät, dass dahinter der Zahn des Niedergangs nagt. Noch ist es morbider Charme, der aber jederzeit in nackten, unretuschierbaren Verfall übergehen kann.

Wellblech ersetzt in manchen Vierteln schon heute Dachpfannen, Pappe zerbrochene Fensterscheiben, Farne herausgefallene Ziegel. Niemand flickt die Löcher, die immer weiter aufreißen und sich unaufhaltsam vorwärts fressen wie eine ätzende Säure. Irgendwann wird es nicht mehr zu kaschieren sein.

Die Armut, das Elend, den Dreck, das hässliche, marode Innenleben dieser Stadt, all das sieht man auf diesen Bildern nicht. Dennoch sind sie da, all die Menschen, die mit all dem zurechtkommen müssen, und sie haben kein rettendes Rückflugticket, so wie ich. Sie begegnen einem, wenn man seine unbeteiligte, sichere Zuschauerrolle aufgibt, Teil dieses kranken Systems wird und darin überleben muss, so wie sie.

Es ist ein ständiger Drahtseilakt. Und wehe, man verliert den Halt. In diesem Land gibt es kein Notnetz, das einen auffängt, wenn man abstürzt. Dann ist man ganz schnell unten, ganz unten, einer von denen, die sich nach ihrer Bruchlandung nie wieder berappeln, und bleibt mit zerschmetterten Gliedern liegen.

Das erste Jahr lief es sogar noch ziemlich gut. Aber dann fegte die Krise durchs Land und ließ viele, die schon am Wanken waren, erbarmungslos über die Seite kippen. Mich auch. Über zwei Drittel meiner Schüler waren innerhalb weniger Monate weg. Saxophonunterricht, das war plötzlich ein frivoler Luxus, den man sich nicht mehr leisten konnte. Und auch die Engagements wurden weniger. Kein zahlendes Publikum mehr in den Clubs. In diesem einen Jahr, als die Arbeitslosenzahl hochschnellte wie die Marker bei irgendwelchen fiesen Krankheiten, die anzeigen, dass der Patient schon beinahe am Abnippeln ist, habe ich fast nichts verdient. Wir rutschten tief in die roten Zahlen, Filipe und ich, und mir fiel so auf die Schnelle auch keine wirkungsvolle Therapie ein. Inzwischen geht es wieder etwas besser. Aber die Spätfolgen wirken immer noch nach. Von den Schulden komme ich so schnell nicht mehr runter.

Jedenfalls nicht, wenn es so weitergeht.

Manchmal, wenn ich über mein Leben so nachdenke, erscheint vor meinem inneren Auge das Bild einer Klorolle, die sich komplett abgewickelt hat und jetzt in einem Riesendurcheinander aus wirren Schlingen und Bögen auf dem Boden liegt. Man kann das Klopapier wieder aufwickeln. Aber so wie vorher wird es nie mehr. Jeder wird sofort sehen, dass etwas schiefgelaufen ist. Ganz schrecklich schief.

Ich weiß noch, wie beeindruckt Ana war, als ich ihr damals von Filipe erzählte. »Noch keine drei Monate bist du da, und schon hast du jemanden«, sagte sie. Ich zeigte ihr Fotos von Filipe. »Wow, sieht gut aus.« Jetzt klang sie erst recht neidisch. Dass Filipe gut aussieht, fand ich auch. Er hat genau die Art von Männerschönheit, die mich schwach macht. Filigrane, aber trotzdem markante Gesichtszüge, grüne Augen zu schulterlang gewelltem, dunkelbraunem Haar und ein Körper, wie er sein soll.

»Und hat er auch Arbeit?«, fragte Ana.

Nein, die hatte er nicht. Darum hätte sie mich am meisten beneidet. Ihr Mann war damals schon seit Monaten arbeitslos. Ihr Gemüseladen hielt die Familie gerade mal so am Leben. Ihr Sohn war Schüler bei mir, so hatte ich sie kennengelernt. Ich unterrichtete ihn inzwischen umsonst.

Filipe ist Koch gewesen, bevor wir uns begegnet sind, sogar in einem Drei-Sterne-Restaurant. Aber dann ist er krank geworden, eine Infektion, und als die weg war, hatte er seinen Geruchssinn verloren. Mit dem Kochsein war es danach vorbei. Arbeitslosengeld gibt es in Portugal nur ein paar Monate, danach bekommt man Sozialhilfe, und das ist so lachhaft wenig, da könnte man es auch gleich bleiben lassen. Das wäre wenigstens ehrlich, anstatt die Menschen auch noch zu verhöhnen und sie für das Bisschen Kohle stapelweise Formulare ausfüllen zu lassen.

Fililpe hat anfangs wirklich alles versucht, war in jeder Stellenbörse angemeldet und hat Hunderte von Bewerbungen verschickt, auf alle möglichen Jobs in der Gastronomie, ohne auch nur einmal eine Antwort zu bekommen. Auf eine Stelle als Kellner bewerben sich im Schnitt fünfhundert Leute. Und es standen genug Jüngere auf der Matte, die den Job für so gut wie umsonst machen würden. Er hat dann etwas Neues angefangen, als Vertreter. Die Hacken hat er sich abgelaufen, von Tür zu Tür, und sollte Leute beschwatzen, ihren Internetanbieter zu wechseln. Rein auf Provisionsbasis. In drei Monaten hat er so gut wie nichts verdient, obwohl er voll gearbeitet hat. Oft ist er weinend nach Hause gekommen. Und hat es dann irgendwann aufgegeben. Ich konnte es ihm nicht mal verdenken.

Filipe hat mich vor dem ekligen alten Sack gerettet, dem Musikclubbesitzer, der mich damals in den Klauen hatte. Dafür war ich ihm unendlich dankbar, mal ganz abgesehen davon, dass ich mich sofort in ihn verliebt habe. Darum hatte ich auch gar nichts dagegen, dass er gleich mit in das Zwei-Zimmer-Apartment eingezogen ist, das ich damals gefunden habe. Er wohnte bei seinem bettlägerigen, dementen Vater, zusammen mit ein paar Geschwistern, die auch wieder ins elterliche Nest hatten zurückkriechen müssen, unter wirklich erbärmlichen Bedingungen. Klar war er froh, da rauszukommen.

Vielleicht war das nicht der beste Beginn, denke ich inzwischen oft. Von Anfang gab ich viel zu viel und er viel zu wenig. Auf diesem Boden kann nichts Gesundes gedeihen. Aber wie das so ist, Liebe allein genügt, denkt man sich.

Inzwischen hat sich das Verhältnis von Geben und Nehmen bei uns ganz klar auf 100 zu 0 eingependelt. Und Ana beneidet mich nicht mehr. Vor kurzem habe ich ihr gebeichtet, was da wirklich abgeht zwischen Filipe und mir. Ich hatte sie vorher gewarnt. Aber natürlich war sie danach trotzdem so platt, als wäre eine Planierraupe über sie drüber gerollt.

»Ach du Scheiße!«, wiederholte sie ein paarmal ungläubig. »Er wirkt immer so total verliebt in dich … Wenn man so die Fotos auf Facebook sieht. Dachte, ihr seid richtig glücklich.«

Nein, sind wir nicht.

Das heißt, ob Filipe glücklich ist, weiß ich nicht, es ist mir meistens auch wurscht, aber ich bin es nicht, das steht fest. Sonst würde ich wohl kaum seit fast drei Jahren jeden Tag darüber nachdenken, wie ich es schaffe, von ihm wegzukommen. Ohne auch nur einen Fußbreit Distanz zwischen uns gekriegt zu haben. Und er in mich verliebt ... Für Filipe geht es ums Überleben. Da stellen sich gewisse Fragen ganz einfach nicht mehr.

Ich erzählte Ana vom vergangenen Sonntag. Wir waren am Strand und danach noch in der Bar bei uns um die Ecke was trinken. An sich war alles ganz peacig, am Strand hatte ich genau darauf geachtet, wer neben uns lag (ein altes Ehepaar, beide um die siebzig, mit zwei Enkelkindern dabei, das war unbedenklich) und wen ich anschaute, um Ärger zu vermeiden. Aber den gab es dann doch noch.

Kurz bevor wir nach Hause wollten, musste ich nochmal aufs Klo. Und auf dem Weg dahin rennt mich dieser Trottel fast um und gießt sein Bier über mich, von oben bis unten. Und fängt dann auch noch an, mit einer Serviette herumzuhantieren. Bevor ich ihn abwimmeln kann, kommt natürlich Filipe dazu. Na, das war ja genau das Richtige für ihn. Ein fremder Kerl, der an seiner Freundin herumtupft.

Immerhin, in der Bar riss er sich noch zusammen. Er nahm dem Trottel höflich die Serviette aus der Hand und sagte, dass er sich darum kümmern werde und wir sowieso gerade gehen wollten. Aber ich wusste, auf dem Heimweg würde ich büßen müssen. In Filipes Gesicht hatte es ungut zu zucken angefangen, wie ein erstes warnendes Blitzen vor dem Gewitter.

Ich habe noch vorbeugend versucht zu beteuern – in diesem kleinmädchenhaften Piepston, den ich inzwischen selber an mir hasse, wahrscheinlich sehe ich so aus wie ein verängstigtes Kaninchen, wenn ich so rede –, dass ich überhaupt nichts dafür konnte und der Trottel doch bloß einfach nicht geguckt hat, wo er hintritt.

Aber das stachelte ihn nur noch mehr auf. Es stimmt schon. Wer sich verteidigt, klagt sich an. Da hatte ich es mal wieder. Ich hätte das mit Absicht gemacht, blaffte er mich an, das liege doch auf der Hand. Ich fing an zu heulen, mitten auf der Straße, inzwischen sind meine Nerven ja auch schon so dünn wie Teigfäden, er hat einfach zu lange daran herumgezogen; und zu betteln, er solle mir doch bitte, bitte glauben. Er werde das jetzt überprüfen, schnauzte er, in der Bar seien bestimmt Leute, die alles gesehen hätten, die werde er befragen, von denen werde er schon erfahren, was wirklich Sache sei. Und damit ließ er mich stehen und machte die Biege.

Ana tat mir beinahe leid. Sie guckte da schon so alarmiert. Und dabei hatte ich ja gerade erst losgelegt. Ich würde jetzt so schnell nicht mehr aufhören können. Wie wenn man erstmal angefangen hat zu kotzen; dann muss auch alles raus. Und die dicksten Brocken würden noch kommen.

»Und was war dann?«, fragte sie.

Tja, was war dann. Dasselbe wie schon zig Male davor.

Irgendwann tauchte er wieder auf, früh morgens, so gegen halb sechs, keine Ahnung, wo er sich bis dahin herumgetrieben hatte, vielleicht hatte er mit alten Kumpels abgehangen, vielleicht im Park auf einer Bank gepennt. Ich hätte ihn nicht reinlassen dürfen, aber ich hatte Angst, dass er dann unten auf der Straße anfängt zu randalieren, das hat er nämlich auch schon gebracht, wenn er sich in einen seiner Wutanfälle reingesteigert hatte. Die Polizei war schon ein paarmal da, weil die Nachbarn angerufen hatten. Das sollte nicht noch einmal passieren. Sonst fliege ich noch aus der Wohnung, das hätte gerade noch gefehlt.

Er tat mal wieder so, als wäre überhaupt nichts gewesen. Ich wusste, wenn ich ihn jetzt auf die Szene vorhin ansprach, würde er es mit der »War-irgendwas«-Unschuldsnummer probieren. Und wenn ich insistierte, auf »alles abstreiten« umschalten. Mich anknurren, dass ich ihn missverstanden, mir alles nur eingebildet und ihm ganz ohne Grund die Hölle heiß gemacht hätte. Ich habe den Mund gehalten, denn ich hatte nicht den Nerv, diesen Teil des Drehbuchs mit ihm abzuspulen, nicht schon wieder. Er ist dann auch gleich zum nächsten Punkt des Protokolls übergegangen: Angefangen, durch die Wohnung zu schnüffeln, wie ein Straßenköter, der sein Revier abcheckt, ob da noch ein anderer seine Duftmarke hinterlassen hat. In der Kochecke schaute er nach, ob da mehr als ein benutztes Glas stand. Da war aber keins, denn ich habe mir seit langem angewöhnt, Gläser sofort abzuwaschen, damit er gar keinen Anlass mehr hat, mir zu unterstellen, dass jemand da war, natürlich zum Vögeln, wozu auch sonst. Das nächste, was er einer Prüfung unterzog, war die Tabakdose. Da hat er geguckt, wie voll die noch war, im Vergleich zu gestern Abend, und dann abgeschätzt, ob ich den Tabak, der fehlte, wirklich alleine geraucht haben konnte. Den Mülleimer hat er kontrolliert, auf Kippen, Kondome, Kassenbons, was weiß ich. Die Dusche auch, auf kurze Haare, die nicht von uns stammen können, darauf hat er es abgesehen. Als letztes wurde das Bett inspiziert. Und da hatte er dann endlich was entdeckt.

»Du hast das Bettzeug gewechselt!«, bellte er mich an. »Wusste ich's doch ... Wer war letzte Nacht hier?«

Ich habe noch mit bibberiger Stimme eingewandt, dass ich doch jeden Sonntagabend das Bettzeug wechsele, aber er hörte schon gar nicht mehr hin. Binnen Sekunden hatte er den Aggro-Modus aktiviert. Wie auf Knopfdruck.

»Du hast das geplant!«, geiferte er los. »Gib's doch zu!«

»Aber wie hätte ich denn wissen können, dass du gestern Nacht nicht da sein würdest?«, hielt ich noch tapfer dagegen, obwohl ich genau weiß, dass es überhaupt keinen Sinn hat, ihm mit Argumenten zu kommen, ü-ber-haupt keinen. »Du willst doch wohl nicht sagen, dass ich im Voraus weiß, wann du wieder deinen Koller kriegst?«

»Den Koller kriegen«, da hatte er es, seinen Beweis. »Diesen Ausdruck – den hast du noch nie benutzt!«, brüllte er. »Woher hast du das, von wem, du fickende Hündin?«

Ana war ganz blass geworden. Die Ärmste, jetzt sah sie wirklich geschockt aus. Sie zog hektisch an ihrer Zigarette. »Oh Gottogott«, murmelte sie. »So geht das immer, sagst du? Und was machst du dann?« »Meistens klebe ich ihm irgendwann eine«, sagte ich.

Diesmal auch.

Irgendwann hatte ich genug von dem Gestänker, diesem unaufhörlichen Strom aus Beleidigungen, Drohungen und Unterstellungen, der ihm wie Jauche aus dem Mund quillt. Jedes Mal frage ich mich wieder, was in diesem Menschen nur Übles vor sich hingärt, der sitzt ja immerzu voll davon, bis Oberkante Unterlippe, scheinbar wartet er nur darauf, dass jemand den Hahn aufdreht und er seinen irren Mist ablassen kann.

Ich langte also hin, und dann war Ruhe. Komischerweise. Zurückschlagen tut er nie. Aber natürlich ist das für ihn immer wie der Knochen mit den Fleischresten, den ich ihm zum Abnagen hinwerfe. So kann er rumwinseln, ich behandelte ihn schlecht. Es ist ja auch unterirdisch von mir, dass ich mir nicht anders zu helfen weiß, aber was soll ich denn machen. Was, um Himmels willen.

Er hat dann noch irgendwas vor sich hingegrummelt und sich schließlich schimpfend verpisst. Wie immer nach diesen Diskussionen. Ich musste ihn nicht mal rausschmeißen. Manchmal muss ich da auch etwas rabiater werden und ihn regelrecht zur Tür raustreten, damit er Leine zieht.

Danach bin ich zusammengeklappt und habe schon wieder geheult und dann – als das Telefon das erste Mal klingelte – den Stecker gezogen und das Handy ausgeschaltet.

»Und glaub mir«, sagte ich zu Ana, »da war nie was mit einem anderen. Warum sollte ich ihn auch betrügen. Das Einzige, was bei uns wirklich gut läuft, ist der Sex.«

Es stimmte, was ich sagte. Ich finde ihn körperlich extrem anziehend, leider, muss ich sagen. Man bleibt nicht wegen gutem Sex, aber es ist ein Posten auf der Habenseite. Und vor allem zeigt sich im Bett der andere Filipe, der, an den ich mein Herz verloren habe. Ich begreife es manchmal nicht. Wie in diesem Monster ein so liebevoller, zärtlicher Lover stecken kann.

»Vielleicht«, sinnierte ich weiter, »sollte ich mir einen Keuschheitsgürtel anlegen, so ein Ding, wie es die Frauen im Mittelalter hatten. Und ihm den Schlüssel dazu geben, an einem Band, das er sich um den Hals hängen kann. Mit einem züchtigen Knicks dazu. Vielleicht hab ich dann endlich meine Ruhe.« Ich lachte hysterisch, als ich mir vorstellte, wie er gucken würde. Ja, das könnte ihm so passen, wenn er wüsste, dass kein anderer mehr ran kann. Da er mir ja nicht traut. Eine Frau mit Vorhängeschloss gleich dazu, das ist genau das, was dieser elende Hund braucht.

Ana lachte nicht mit.

»Das ist nicht komisch«, sagte sie und maß mich mit einem strengen Blick aus ihren dunkelbraunen Augen. »Sondern sehr, sehr traurig. Wie lange geht das schon so, sagst du?«

Seit ich ihn kenne, geht das so. Das erste Mal Schluss habe ich gemacht, da war er gerade bei mir eingezogen. Und fand, dass ich mich beim Müllrausbringen zu lange mit dem Hausmeister unterhalten hatte.

Das Verrückte ist, dass ich mir nichts, aber auch gar nichts vorzuwerfen habe. Noch nie war mein Gewissen so fleckenlos rein. Ich denke nicht mal an andere. Wenn ich wenigstens irgendetwas in der Richtung vorhätte; dann würde ich seine Attacken als gerechte Strafe sehen. Aber nein. Das macht es ja so ungerecht. Erstens habe ich, wie gesagt, gar keine Lust, fremdzugehen. Und zweitens, selbst wenn ich das wollte: Es wäre rein logistisch unmöglich. Denn ich stehe ja unter Rund-um-die-Uhr-Bewachung.

Die einzigen Menschen, die ich noch sehen darf, ohne dass er dabei ist, sind meine Saxophonschüler. Aber auch da geht nichts ohne scharfe Kontrollen. Er fragt mich jeden Tag nach meinem Terminkalender, wer wann kommt. Und ich habe ihn schon vor dem Haus herumlungern sehen, wenn die Schüler anrücken, ganz offen, es stört ihn überhaupt nicht, wenn ich das mitkriege. Meistens sind es ja Kinder, die von ihren Müttern gebracht werden. Aber wehe, es ist ausnahmsweise mal ein Vater. Eine Schülerin musste ich wegschicken, weil er den dickbäuchigen, halbglatzköpfigen Papa zu attraktiv fand. Jedes Mal gab es Terror nach dem Unterricht, das war mir zu viel Stress auf Dauer. Obwohl ich ihn dafür verflucht habe.

Es ist auch schon vorgekommen, dass er mitten in der Stunde unter irgendeinem dämlichen Vorwand reingeplatzt ist. Stichprobenmäßig, sozusagen. Wenn er könnte, würde er mir die Schüler auch noch verbieten. Aber da ich uns damit mehr schlecht als recht finanziell über Wasser halte, kann er das nicht machen. Da müsste er erstmal sagen, wovon wir denn dann leben sollen.

Ohne meine Schüler hätte ich gar keinen Draht zur Außenwelt mehr. Alle Verbindungen, die ich hier jemals hatte, hat er gekappt. Ich bin seine Gefangene und habe nur Ausgang, wenn es mit ihm zusammen ist. Und auch dann muss ich höllisch aufpassen, wie ich mich verhalte. Ich bin auf Dauerbewährung und kann jederzeit wieder weggesperrt werden.

Auch zu Hause spielt er den Gefängniswärter und guckt mir über die Schulter, wenn ich mit Telefon oder Laptop zugange bin. Jedes Wort will er mitlesen, weil ich ja sonst doch nur wieder mit einem meiner Fickkontakte chatte. Mit Männern darf ich überhaupt nichts mehr zu tun haben, weder virtuell noch real. Mit Frauen an sich auch nicht; denn das sind natürlich alles irgendwelche verkommenen Schlampen, mit denen ich über ihn ablästere. Und davor hat er wirklich Angst.

Ich habe sogar den Verdacht, dass er meinen E-Mail- und Facebook-Account irgendwie gehackt hat und alles mitliest. Jedenfalls bin ich vorsichtig und schreibe nichts, was er in den falschen Hals kriegen könnte. Wenn ich tatsächlich mal eine Verabredung klarmachen kann – das geht nur, wenn er mal wieder ein paar Tage abgetaucht ist, so wie jetzt gerade wieder –, dann spontan und telefonisch.

Er hat sich in meiner Kommunikationszentrale eingeklinkt, da, wo alle Informationen zusammenlaufen. Und da hockt er nun wie die Spinne im Netz und knüpft an den Fäden, mit denen er mich immer mehr einschnürt. Und ich hänge da, hilflos eingesponnen, und werde immer weiter ausgesaugt. Bis von mir nur noch eine blutlose, leere Hülle übrig geblieben ist und er sich ein neues Opfer sucht. Suchen muss. Weil bei mir nichts mehr zu holen ist.

»Okay«, sagte Ana. »Okay. Ich verstehe, wie er es macht. Aber ich verstehe nicht, warum du dir das gefallen lässt, *querida*. Eine Frau wie du, schön, intelligent, die ihr eigenes Geld verdient. So ein Typ kriegt eine Warnung. Genau eine. Und wenn er dann nicht spurt, ist der Ofen aus.«

Natürlich habe ich mir die Frage auch schon gestellt, zigmal sogar, jedes Mal wieder, wenn er wieder austickt und mich schikaniert. Warum ich mir das gefallen lasse.

Was ich lange nicht kapiert habe, ist, wie brutal er die Tatsachen verdreht. So völlig ohne Skrupel. Ich fing wirklich an, meine eigene Wahrnehmung anzuzweifeln. So krass kann doch keiner drauf sein, einfach so dreist zu lügen. Dachte ich.

Es gibt ja auch nie Zeugen; vor anderen rastet er nicht aus, sondern spielt den Galanten. Manchmal hatte ich wirklich schon Angst, es liegt doch an mir; dass ich vielleicht doch andere Typen anmache, zwanghaft, ohne es selbst zu merken. Das war das Allerschlimmste, diese Zweifel.

Aber irgendwann hat mich einer von Filipes *amigos* sozusagen erlöst, als wir mal zusammen einen trinken waren und Filipe kurz rausging. Da hat der mich nämlich gefragt, warum ich immer so abweisend zu ihm sei, ob er mir was getan habe. Ich hätte den abknutschen können, den guten Luis. Weil Filipe mir vor ein paar Wochen erst eine Riesenszene gemacht hatte, bei der es darum ging, dass ich gerade zu Luis immer viel zu nett sei. Der gefalle mir wohl auch zu gut, hatte er rumgejault. Sehr schade, dass ich keine Aufnahme von der Unterhaltung mit Luis gemacht habe. Damit hätte ich Filipe super einen Maulkorb verpassen können. Aber wahrscheinlich wäre auch das nach hinten losgegangen; dann hätte er bestimmt behauptet, wir hätten das inszeniert, Luis und ich. Na ja. Auch so war es für mich eine schöne Beruhigungspille.

»Verstehst du, er ist krank«, sagte ich zu Ana. »Bildet sich alles Mögliche ein in seinem gestörten Hirn.«

»Sieht er das denn auch so?«, fragte sie.

Ich schüttelte den Kopf. »Er erinnert sich einfach an gar nichts. Als ob man die Löschtaste gedrückt hätte. Er hat nie irgendwas gemacht.«

»Schade«, sagte sie.

Und selbst wenn er es einsähe und ich ihn zum Psycodoc schicken könnte … Die Wartelisten sind endlos lang. Und gute Therapien unbezahlbar. Früher hatte ich sogar mal eine private Zusatzversicherung, die man hier auch wirklich braucht. Die ist längst gekündigt. Inzwischen bin ich sogar mit den Beiträgen für die Basisversicherung im Rückstand. Für mich und für ihn.

Ich kann jemanden, der krank ist, doch nicht einfach auf die Straße setzen. So weit bin ich noch nicht. Vielleicht wäre es einfacher, wenn ich nicht wüsste, was ihm dann blüht. Vielleicht.

»Und er weiß es doch auch«, sagte ich verzweifelt. »Warnungen hat er auch schon genug gekriegt. Deswegen, er müsste sich doch zusammenreißen können.«

Ana streichelte meinen Arm. »Was denn nun? Soll er sich zusammenreißen oder ist er krank?«

Ich weiß selbst, dass es letzten Endes ganz egal ist, ob er krank ist oder nicht. Es läuft auf dasselbe raus, er macht mich kaputt. Aber trotzdem. Wenn ich wüsste, dass er diese Tour mit Berechnung abzieht, würde ich ihn sofort abschießen. Das hoffe ich zumindest. Ganz sicher bin ich mir auch da nicht. Aber einen Beweis würde ich ja sowieso nie kriegen, selbst wenn es so wäre, beruhige ich mich dann immer gleich. Jemand, der so perfide gut schauspielern kann, macht keine Schnitzer.

Er hat schon diese komische Macht über mich. Wenn er nach ein paar Tagen wieder vor der Tür steht und mich so ansieht, mit diesem »Ich-hab-dich-so-vermisst«-Blick, aber auch einen Touch trotzig-gekränkt – schließlich habe ich ihn ja mit meiner Rumzickerei aus dem Haus getrieben und bin schuld, dass er jetzt durchgefroren, ausgehungert und übernächtigt ist –, bin ich zwar sauer, aber er tut mir auch leid. Er ist doch wirklich eine arme Sau, die nichts für ihr Elend kann. Man hat ihm übel mitgespielt. Und ich will das Unglück dieser Welt nicht noch größer machen. Und dann wärme und füttere ich ihn und decke ihn zu.

Ja, das ist die Mitleidsmasche, klar. Ich weiß, was Ana denkt. Er beherrscht sie meisterhaft. Die Dosis stimmt immer, es ist nicht zu viel und nicht zu wenig. Gerade genug, um mein schlechtes Gewissen anzupieksen und mein sonst immer recht fix anspringendes Empörungszentrum zu lähmen.

Und wenn ich doch mal nicht so leicht zu besänftigen bin, dann kämpft er, schwört Liebe, gelobt Besserung, verspricht Arbeit. Ich weiß, ich bin eine Idiotin. Aber ich glaube ihm jedes Mal wieder. Ich will es ja auch so gerne.

Vielleicht ist es auch nur die ganz banale Angst vor dem Alleinsein. Ich muss jemanden schon richtig hassen, bevor ich mich mal trenne. Trennungen tun immer so schrecklich weh und ich kann mir ein Leben allein auch gar nicht vorstellen.

143

Aber so weitergehen kann es eben auch nicht. Ich habe sogar schon darüber nachgedacht, ihn anzuzeigen. Und ihm das auch gesagt. Er hat gedroht, sich umzubringen; in den Knast werde er nicht gehen. Dann lieber tot. Ach, und außerdem bringen Anzeigen auch überhaupt nichts. Ein Jahr vergeht, bevor die in Bearbeitung genommen werden. Und dann, was passiert ihm schon? Als ob es so einen interessiert, dass er sich mir nicht mehr auf weniger als fünfzig Meter nähern darf. Oder wie groß der Bannkreis auch ist. Bevor er mir nicht wirklich was tut, kann er weiter rumterrorisieren, so viel er Lust hat.

In meinem Kopf ist alles verknäuelt. Und das Knäuel zieht sich immer fester, je mehr ich versuche, es zu entwirren. Was soll ich bloß tun, was? Einfach abhauen? Mir einen anderen Kerl suchen, der an mir das Bein hebt (denn das würde ihn von mir weghalten, effektiver als jeder Gerichtsbeschluss)? Oder mich in mein Schicksal ergeben, mitspielen, so gut es halt geht, und an seine guten Seiten denken? Was zur Hölle will ich?

Ich habe Ana lieb dafür, dass sie nicht sagt, mach Schluss. Sondern, dass ich keine Idiotin sei. »Du liebst ihn halt«, fasste sie meinen tränengetränkten Bericht zusammen. »Da kann man nichts machen.«

Eine Sache gibt es, die Ana nicht weiß. Die ich ihr auch nicht sagen werde. Es könnte das Ende unserer Freundschaft bedeuten. Ich möchte nicht, dass sie irgendwann zu ihrem Sohn sagt, zu der gehst du mir nicht mehr hin.

Sie ist die einzige, die ich hier vor Ort noch habe. Ich will sie nicht verlieren.

Anfang Mai beschloss ich, einen Ausbruchsversuch zu wagen.

Ich buchte heimlich einen Flug nach Nürnberg, nur hin. Am Tag vor dem Abflug provozierte ich einen Riesenkrach mit Filipe und schmiss ihn in hohem Bogen aus der Wohnung. Der würde sich so schnell nicht wieder blicken lassen. Ich hinterließ einen Zettel. »Bin weg nach Deutschland, komme nicht zurück«, stand darauf.

Im Flugzeug heulte ich fast vor Erleichterung. Ich meinte, was ich Filipe geschrieben hatte. Ich wollte einen Neustart. Ohne ihn. Niemand wartete am Flughafen auf mich. Ich nahm die S-Bahn raus nach Mögeldorf. Da hatte meine Mutter sich nach der Scheidung in einer geräumigen Wohnung am See in bester Lage niedergelassen.

Für meine Mutter hatte sich die Ehe auf jeden Fall gelohnt. Sie war gut versorgt. Mein Vater hatte ihr, als er sich vor sieben Jahren auf Nimmerwiedersehen und ohne weiteres Bedürfnis nach Kontakt zu irgendeinem von uns mit seiner jüngeren neuen Flamme nach Italien abgesetzt hatte, um dort eine Zweitfamilie zu gründen, aus schlechtem Gewissen die Wohnung geschenkt und zahlte ihr großzügig Unterhalt, mehr, als er musste. Auch, damit sie nicht weiter nervte. Nicht schlecht für eine Frau, die zeit ihres Lebens nie etwas anderes auf die Reihe gekriegt hatte als Bauunternehmergattin zu sein. Hätte ich vielleicht auch so machen sollen. Anstatt mich totzuarbeiten und am Ende nicht mal eine Minirente zu kriegen.

Und trotzdem hätte ich nicht mit meiner Mutter tauschen wollen, ums Verrecken nicht. Das dachte ich wieder, als sie mir die Tür aufmachte. Sie wirkte mit ihren nun auch schon Ende sechzig wie ein sorgfältig konserviertes Insekt, dem man nach und nach allen Saft entzogen hatte. Eine Heuschrecke, dachte ich. Spröde. Am Vertrocknen von innen. Jedes blondierte Haar saß festgesprüht an seinem Platz, die Mimik war minimal, als befürchtete sie, ihre Haut könnte reißen, wenn sie ihre Gesichtsmuskeln mal spontan und ungehemmt bewegte.

Wir umarmten uns, irgendwie musste man das wohl, wenn man sich seit zwei Jahren nicht gesehen hatte. Ich hatte das als Kind schon nicht gemocht und hätte jetzt erst recht ohne gekonnt. Aber ich hatte mir ja vorgenommen, guten Willen zu zeigen.

»Erzähl mir doch mal von deinem Leben«, sagte meine Mutter beim Abendbrot. »Ich weiß so wenig von dir.«

Was sollte ich erzählen. Mama, es geht mir schlecht, ich bin total pleite, habe einen Psychopathen am Hals, der sich von mir aushalten lässt, und keinen Bock, nach Deutschland zurückzugehen. Hilf mir, hilf mir. Einmal nur.

Meine Mutter hat mir nie geholfen. Hat immer nur zugeguckt, wie ich mich abgestrampelt habe. War immer mit ihrem Schickimickidasein beschäftigt. Golfspielen, Schönheitssalon, Charity-Events, so was. Mich wahrgenommen hat sie nur, wenn was schieflief.

»Warum isst du denn nichts?«, fragte sie. »Schmeckt's dir nicht? Früher hast du Weißwürste doch gemocht.«

»Früher? Wann früher? Ich esse seit Jahren kein Fleisch mehr«, sagte ich. »Letztes Mal, als ich hier war, auch schon nicht mehr.«

Ihr spitzes Heuschreckengesicht drückte etwas aus, das ich ihr wohlwollend als Betroffenheit auslegte. »Du siehst so dünn aus, Kind. Morgen kannst du mir ja sagen, was du gerne hättest, ja?«

Ich sagte nichts. Dünn, so hatte sie mich doch immer haben wollen. Solange ich es war, sah sie mich kaum. Erst als ich anfing zuzunehmen, so mit zehn, elf, da beachtete sie mich plötzlich. Ein dickes Kind, das war ein Schönheitsfehler, der ausgemerzt werden musste. Also wurde ich auf Radikaldiät gesetzt, bis ich wieder im grünen Bereich war. Und vorsichtshalber gleich noch ein bisschen darunter.

Mit Essen hatte ich es danach nicht mehr so. Und jetzt sowieso nicht mehr. Essen. Igitt.

Meine Mutter stellte die kaltgewordenen Weißwürste beleidigt beiseite. Sie selbst hatte nichts angerührt.

»Wie lange bleibst du eigentlich?«, wollte sie wissen. »Und hast du schon Pläne für die nächsten Tage? Donnerstagnachmittag hat Doro uns zum Kaffee eingeladen. Ich hoffe, das ist dir recht. So lange bleibst du doch wohl.«

Meine Schwester Dorothee und ich waren früher Feindinnen gewesen, bis aufs Blut. Ich hatte ihr das Leben schwergemacht, wo ich nur konnte; geschah ihr ganz recht, wo sie es doch sonst so leicht hatte, in jeder Hinsicht, auch auf der Waage. Und sie rächte sich, indem sie sich das Süßigkeitenessen verkniff und mir ihren Anteil anbot, wohlwissend, dass ich nie nein sagen konnte. Das war auch das einzige, worin sie jemals Disziplin gezeigt hatte. Inzwischen waren wir uns komplett egal.

Doro. Durchschnittliche Schülerin, danach ebenso durchschnittliche BWL-Studentin. Immer nur das gemacht, was nützlich war. Keinen Handschlag darüber hinaus. Und dabei voll von den Alten gesponsort, zwölf Semester lang. Sie schafft es sonst nicht, hieß es. Mir hingegen wurde jegliche Unterstützung nach sieben Semestern von heute auf morgen gestrichen. Begründung: Ich hätte ja abgebrochen. Und überhaupt, warum nur Jazz-Saxophon. Und nichts Richtiges.

Doro war eine dieser Raffinierten, die auf dummsüß machen. Und erfolgreich damit sind. Bei ihrem ersten Job in der Personalabteilung hatte sie sich den Juniorchef geschnappt, ihr perfektes Match, zumindest was den Materialismus anging. Nun bewohnten sie zusammen diesen Palast, den sie sich letztes Jahr für eine Million hingeklatscht hatten. Das Zimmer meiner Nichte Sophie (sechs, ein wohlstandsverlostes, emotional verkümmertes Gör, was auch sonst) allein war größer als meine Wohnung in Porto und stand so voll mit teurem Must-have-Spielzeug, dass es mir sofort leid tat, ihr von meinem wenigen Geld eine Barbiepuppe gekauft zu haben. Sie hatte schon eine ganze Sammlung, die in der Ecke stand, und reihte meine mit ausdruckslosem Blick und ohne danke zu sagen neben ihrer Doppelgängerin ein. Ich hätte fast gesagt, okay, umso besser, ich nehme sie wieder mit und hole mir das Geld zurück. Aber ich hatte den Bon natürlich sowieso nicht mehr, also was sollte es.

Wir saßen draußen auf der Terrasse und das Dienstmädchen – tatsächlich mit Schürzchen und Häubchen, ich dachte, so was gebe es nur in Seifenopern, solchen, die im Adelsmilieu spielen – servierte den Kaffee und eine Platte, auf der sich lauter kleine, schreiend bunte Teilchen drängten, so überkandidelte französische Pâtisserieerzeugnisse.

Ich nahm das allerschlichteste, eines, auf dem sich ein paar mit Puderzucker bestäubte Himbeeren und einem kunstvoll gedrehten Schokoladenkringel drapierten, in der Hoffnung, es würde nicht ganz so künstlich schmecken, wie ich erwartete. Aber selbst dem Obst war das letzte Bisschen Natur auskonditoriert worden.

»Köstlich, die Törtchen«, sagte meine Mutter.

Sophie zermanschte ein mit giftgrüner Paste bestrichenes Eclair. Als ich die Puddingfüllung aus dem Ding herausquellen sah, wurde mir übel.

»Aus dem ›Petits Fours‹«, sagte Doro. »Warst du da schon? Hat gerade neu eröffnet. Du hast deines ja schon auf, Ilsa. Magst du noch eins?«

»Nein danke«, murmelte ich. »Wo ist denn das Klo, bitte?«

»Mathilde!«, rief Doro nach dem Dienstmädchen, das auch gleich bei Fuß stand. »Zeigst du meiner Schwester bitte, wo das Besucher-WC ist?«

Ich hing über der Kloschüssel und reiherte. Schon aus Protest, im Nachhinein sozusagen. Nie wieder würde meine Schwester mich mit ihrem ekelhaften Süßkram abfüllen.

»Meine Güte, Kind, wie siehst denn aus?«, fragte meine Mutter, als ich zurück auf die Terrasse kam. »So bleich! Geht es dir nicht gut?«

Sophie sah mich mit zusammengekniffenen Augen an. »Mama«, sagte sie. »Was hat Ilsa da im Haar? Das sieht eklig aus. Wie Kotze.«

»Sophie!«, fuhr Doro sie an. »So redet man aber nicht!«

»Aber guck doch mal!«, beharrte Sophie. »Was ist das?«

»Also wirklich, Sophie …«

»Es stimmt«, sagte ich. »Ich hab gekotzt. Mir ist das Törtchen nicht bekommen. Das ist ja ganz reizend, dass du mir das so nett sagst.«

Mutter und Schwester schauten angefressen, Sophie zog die Augenbrauen hoch. Es entstand ein peinliches Schweigen. Ich griff mir meine Serviette und verschwand wieder im WC, um mir das Erbrochene aus dem Haar zu friemeln. Als ich zurückkam, war Sophie verschwunden. Klavierstunde, verkündete Doro zur Erklärung. Ich fragte, ob wir den Tisch in die Sonne rücken könnten. Mir sei kalt.

»Aber es ist doch so warm!«, sagte meine Mutter. »Was ist nur mit dir los? Du siehst elend aus, wirklich. Und frierst, seit du hier bist.«

»Das, was ihr hier Mai nennt, ist ein Witz«, sagte ich.

Und dabei hatte ich so gehofft, dass ich es durchhalten würde. Ohne mir was besorgen zu müssen.

Meine Mutter kam aus dem Gekränktsein gar nicht mehr raus. Vorhin auf der Rückfahrt hatte sie von mir hören wollen, wie nett der Besuch doch gewesen sei. Ich hatte bloß die Schultern gezuckt und gesagt, geht so, und dass ich gut darauf hätte verzichten können, mir zwei Stunden lang das Gejammer anzuhören, wie schlecht es dem Unternehmen doch gehe. Aber das sei doch so, hatte meine Mutter betroffen eingewandt, nicht auszudenken, was passieren würde, wenn das Schlimmste einträte. Woraufhin ich darauf hingewiesen hatte, dass sich allein durch den Verkauf der Nobelhütte das komplette Unternehmen sanieren ließe, meine Schwester im Gegensatz zu mir ein abgeschlossenes Studium habe und notfalls ja wieder arbeiten gehen könne.

Zu Hause hatte ich mich zurückgezogen, um ein paar Leute anzurufen, und dazu die Tür des Gästezimmers hinter mir zugemacht. Das hatte ihr auch nicht gepasst. Dauernd kam sie an und wollte irgendetwas. Bis ich ihr beim dritten Mal ganz deutlich gesagt hatte, dass ich jetzt mal meine Ruhe wollte, um ungestört zu telefonieren.

Als ich wieder ins Wohnzimmer kam, hockte sie auf dem Sofa und schmollte. Mit mir reden wollte sie auch nicht. Sie müsse sich von meinem Anranzer erst erholen, sagte sie.

»Gut, dann mach das mal.« Ich griff mir meine Jacke.

»Was, du willst noch mal weg?«

»Was soll ich denn hier bei dir rumsitzen?«, fragte ich. »Jetzt sag nicht, dass die Gespräche mit mir so unterhaltsam sind.«

»Aber wo willst du denn jetzt noch hin?«

»Leute treffen halt. Warte nicht auf mich, kann spät werden.«

Ich hatte Janine ein paarmal angerufen, aber immer war nur die Mailbox dran gewesen. Unterwegs in der Bahn versuchte ich es weiter. Janine hatte die Connections. Aber wenn sie sich nicht bald meldete, musste ich mich allein behelfen. Das Frieren und Zittern wurden immer schlimmer.

Die Königstorpassage am Hauptbahnhof, da konnte ich natürlich was kriegen. Hatte ich noch nie gemacht, ich war da früher nur mal so durchgegangen, wie wohl jeder, der in Nürnberg wohnt, und nie nachts allein. Siffig und unheimlich war es da. Ich hatte ganz schön Schiss. Aber es war eben eine sichere Adresse.

Am Brunnen neben der Passage stand eine Sozialarbeiterin, die Besteck verteilte. »Brauchst du was?«, fragte sie mich, als ich vorbeiging. Da hatte ich wohl eine Sekunde zu lang hingeguckt, oder wieso kam sie darauf. Ich sehe nicht aus wie ein Junkie. Schon gar nicht wie einer, der an der Nadel hängt. Wer es nicht wusste, merkte gar nichts.

Mir war ganz schön mulmig. Es war zwanzig vor elf und ich hörte meine eigenen Schritte auf dem Boden echoen. Sonst nur das sirrende Knistern der Neonröhren über mir; eine davon ging dauernd aus und flackerte mit einem Pling wieder auf. Auch sonst immer noch dieselbe Horrorfilmkulisse von früher: Die scheußlichen orangen Fliesen an den Wänden; die demolierten Münzfernsprecher; die verdreckten, verbeulten Abfalleimer, aus deren Schlund der Müll herausquoll. Und alle paar Meter diese dunklen Gestalten, breitbeinig, verschränkte Arme, Kapuzen oder Caps tief ins Gesicht gezogen. Sie standen einfach da. Und warteten.

Ich postierte mich vor einem Fahrkartenautomaten und tat so, als studierte ich den öffentlichen Nahverkehrsplan. Ich badete im kalten Schweiß. Mein Herz raste. Aus dem Augenwinkel kriegte ich mit, wie sich einer an mich heranarbeitete. Langsam, die Hände in den Taschen vergraben, kam er angeschlurft und blieb wie zufällig neben mir stehen.

»Was willst du?«, murmelte er, ohne mich anzusehen.

Ich kriegte kein Wort raus.

»Also was? Du willst doch was. Mach hin. Hab nicht den ganzen Abend Zeit.«

Ich wollte was, schon. Aber nicht so dringend, dass ich mich auf so einen Gruselhandel mit irgendeinem zwielichtigen Dealerzombie einlassen musste, der mir was weiß ich für ein dreckiges Zeug verkaufen würde. Sowas hatte ich noch nie nötig und jetzt auch nicht. So süchtig war ich dann doch nicht.

Ach was, Quatsch, ich bin überhaupt nicht süchtig. Ich komme mit Minimengen aus. Seit Jahren schon. Und ich schnupfe nur. Damit kann ich hundert werden. Wenn ich von wegen Gesundheit was ändern würde, dann eher das Rauchen aufgeben. Das ist viel schlimmer.

Ich habe alles unter Kontrolle. Ich weiß, das sagen sie alle. Aber bei mir stimmt es. Und das soll auch so bleiben.

Ich muss keine Drogen nehmen, ich will Drogen nehmen. Alles funktioniert mit Doping einfach besser. Alles ist schöner. Weniger mühsam und frustrierend. Kein Kampf mehr. Ich kann mir gar nicht mehr vorstellen, wie es früher mal war, ohne, meine ich. Und warum nicht jeder so was Geiles nimmt wie das Zeug, das ich konsumiere. Es ist wie Lifestyle-Medizin. Macht klar, konzentriert, kreativ. Es gibt überhaupt keinen Grund, »clean« zu sein. Keinen einzigen. Nicht mal, dass es scheißteuer ist, weil irgendwelche Spießer meinen, es für illegal erklären zu müssen. Ich könnte es mir locker leisten. Und Filipes Konsum noch obendrein. Wenn ich nur endlich mal wieder normal verdienen würde, so wie früher.

Während mir all das durch den Kopf ging (mein Hirn konnte

schon ein wenig guten Stoff gebrauchen, keine Frage), stand der Typ neben mir und wartete darauf, dass ich irgendwas sagte. Total irre. Wenn der wüsste, worüber ich gerade am Philosophieren war. Mein Telefon klingelte. Es war Janine. Der Typ verzog sich sofort.

»Hey, wo steckst du?«, quietschte sie. »Ich bin im ›Maxx‹ … mitten im Gig. Kommst du rüber?«

Das »Maxx« war früher eine Disco, jetzt ein Club mit Live-Musik und anderen Events. Als ich reinkam, stand Janine gerade auf der Bühne vor vielleicht hundert Leuten und sang sich durch »Heart of Glass«. Viel mehr als hauchen brauchte sie nicht. An Debby Harry kam sie mühelos ran. Und war dazu auch noch echt blond. Schon damals war sie der Hammer gewesen, stimmlich und auch sonst. Alle lagen auf den Knien, wenn sie »The Girl from Ipanema« ins Mikro schmachtete. Sweet and sexy.

Auf das Blondie-Cover folgt eine Kim Wilde-Nummer, »Kids in America«, bei der Janine mal so richtig zeigen konnte, was für eine Power in ihrer Röhre steckte, und zum Schluss »I love Rock'n Roll« zum Mitgrölen. Dann kam sie von der Bühne gestapft und an die Bar.

»Hey!«, strahlte sie mich an. »Das ist ja klasse, dass du da bist.« Wir gaben uns Bussis, links und rechts, ihre waren ein bisschen feucht und schmatzig. »Wie fandst du's?«

»Du bist mega«, sagte ich. »Viel zu gut für diese Truppe.«

»Ach, schlecht sind sie nicht, die Jungs.« Janine trank ihr Bier auf ex. »Könnt schlimmer sein. Das Publikum auch. Bisschen lahm, aber nett. Kein Vergleich zu damals, natürlich. Da ging's ja noch richtig ab. Aber immerhin, wir haben regelmäßig was am Laufen. Und dann noch Gastengagements ab und zu, bei anderen Bands, Background, auch mal eine kleine Tour, meistens bin ich ganz gut ausgebucht.« Sie kicherte. »Tja, die alten Achtzigerschinken. Die Leute kriegen nicht genug davon. Erinnert sie wohl an ihre Jugend. Dabei war unsere Mucke so viel cooler. Schlager mach ich aber nicht, obwohl Wolfi das gerne hätte, da steckt die Kohle drin, sagt er immer, aber so tief bin ich dann doch noch nicht gesunken. Dass ich für Kohle alles mach, mein ich.«

»Du, sag mal ...« fing ich an.

»Sorry, Süße, ich quatsch dich hier voll ... Du brauchst was, stimmt's? Seh ich dir an.«

Ich nickte. »War gerade am Hauptbahnhof, als du anriefst.«

»Finster da, was?« Sie verzog das Gesicht. »Keine Bange, das kriegen wir geregelt. Immer noch dasselbe wie damals? Oder bist du umgestiegen?«

»Nee. Geht nichts über H.«

»Das hab ich jetzt gerade so nicht da. Aber organisieren wir.«

»Bald wäre gut. Ich kann nicht mehr so ganz klar denken. Seit fast einer Woche nichts mehr gehabt. Also ich halt es schon noch aus. Aber wäre geil, jetzt was zu haben.«

»Verstehe.« Sie legte den Arm um mich. »Schon mal Crystal probiert?«

Nein, hatte ich nicht. Vor Crystal habe ich Angst. Der Kick soll extrem sein, aber es haut gleich beim ersten Mal voll rein, habe ich gehört.

»Ich glaube, davon lasse ich lieber die Finger.«

Sie nickte. »Ich spreche mal eben mit Wolfi. Übrigens, der muss das nicht wissen. Das mit Crystal. Würde ihn nicht so freuen.«

Wolfi war ihr Manager, ein netter, alter Sack, der früher auch mal alles Mögliche eingeworfen hatte, aber jetzt nur noch Dope rauchte, gegen irgendwelche chronischen Schmerzen. Er versprach, rumzutelefonieren und seine Kontakte spielen zu lassen.

»Wie läuft es denn mit Filipe?«, wollte Janine wissen.

Ich zuckte die Schultern, steckte mir mit zitternden Fingern eine selbstgedrehte an und fing an zu heulen.

»So schlimm. Ach jeeee.« Ihre riesigen, babyblauen Augen wurden vor Bekümmerung noch größer.

»Eigentlich bin ich gerade abgehauen«, sagte ich schniefend. »Ich will weg aus Porto.«

»Du kommst zurück? Das wär ja geil, wenn du wiederkämst!«
Schon strahlte sie wieder. »Ey, wie in alten Zeiten!«
»Und warum nur eigentlich?«, schaltete sich Wolfi ein.
»Eigentlich nicht eigentlich.« Ich wischte mir die Tränen ab und
riss mich zusammen. »Und ich will auch gar nicht. Ich muss. Der
Horrortyp lässt mir gar keine andere Wahl mehr.«
»Also wenn du einen Job suchst ... Ich hätte da bestimmt was für
dich.« Wolfi grinste und klopfte mir altväterlich auf die Schulter.
»Wenn Mainstream-Pop und -Rock nicht unter deiner Würde ist,
natürlich nur. Janinchen findet ja, dass es Verrat ist. Aber Jazz ist
leider nach wie vor nichts, womit man das Haus vollkriegt.«
»Blödsinn. Klar, meine ich. Also völlig okay, ich mache alles.«
»Und deinen Umzug«, sprudelte Janine, »den übernehmen wir.
Ich komm mit dem VW-Bus vorbei. Alles rein, Klappe zu, weg
sind wir. Sollst mal sehen, wir wuppen das. Was ist, kommst du
mit in die Garderobe? Mal eben frischmachen und so.« Sie zwin-
kerte mir zu. »Kann jetzt echt was vertragen. Und dann kann die
Nacht richtig losgehen. Wir gehen doch noch feiern, oder?«
Eine halbe Stunde später hatte sie ihre nächste Meth-Dröhnung
und tellergroße Pupillen und ich ein angebrochenes Gramm
Koks, das mir einer von Wolfis Spezies großzügigerweise über-
lassen hatte. Zwar überhaupt nicht mehr mein Ding, aber besser
als nichts. Damit würde ich erstmal über die Runden kommen.

»Ich soll dich von Janine grüßen«, sagte ich zu Cornelia.
Wir hatten uns im Café verabredet. Seit einer Viertelstunde saßen wir uns nun schon gegenüber und kamen nicht so recht auf
Warmwerdetemperatur.
»Janine?« Cornelia schlug mit den sorgfältig getuschten Wimpern und zog die Stirn in angestrengte Falten, als müsste sie überlegen, wer das doch gleich noch war. »Lange nichts mehr von
gehört. Wie geht's der denn so?«
»Och, ganz gut«, sagte ich. »Ist noch im Musikbusiness. Mal
hier, mal da.«

»Na, bestens. So ein geregeltes Arbeitsleben, das wäre für Janine ja nun gar nichts. Und, was für Projekte hat sie so am Laufen?«

»Na ja. Die übliche Kommerzkacke halt. Nichts eigenes.« Sie zuckte die Schultern. »Ach, die soll mal froh sein, wenn sie sich so über Wasser halten kann. Kompromisse müssen wir nun mal alle machen in unserer Branche.«

Ich kannte Cornelia seit dem Studium und hatte sie immer gemocht. Und irgendwie auch bewundert. Nicht nur, dass sie eine Bombe an den Tasten war und Wahnsinnsmusik schreiben konnte. Dazu war sie auch noch hübsch, so auf die intelligente Art – »Pretty Bird«, das war immer mein Spitzname für sie gewesen, weil sie mich an diese kleinen, leuchtend bunten Papageien erinnerte, die zu allem immer irgendeinen vorlauten Kommentar auf Lager haben. Und sie hatte immer alles im Griff, anders als andere Leute, die zwar künstlerisch top sind, aber ansonsten nichts im Leben gebacken kriegen. Wenn sie nur nicht diese nervtötende Art gehabt hätte, so Dinger rauszuhauen, die einen total plattbügelten. So wie das gerade eben auch wieder. Ich meine, von meiner Mutter hätte ich ja nichts anderes erwartet, aber so ein Spruch von ihr?

Es war nicht mal, was sie sagte. Sondern wie. So überlegen von oben herab. Als wüsste sie und nur sie allein, wie es zu laufen hatte.

Vor einigen Jahren hatte sie ihre eigene Musikschule aufgemacht, nebenbei, zusammen mit ihrem Freund, von dem sie sich dann aber bald danach getrennt hatte. Seitdem war sie allein mit ihrem Sohn, der inzwischen wohl so vier oder fünf sein musste. Schon taff, wie sie das durchzog, so als alleinerziehende Geschäftsfrau; die brauchte bestimmt keinen Mann mehr, um klarzukommen. Aber man fühlte sich so klein und blöd, wenn sie in einem Rundumschlag alles niedermähte, was nicht in ihre kleine, millimetergenau geordnete Welt passte. Wie in der zweiten Klasse, wenn einem der Lehrer alles durchstrich, weil man über den Rand geschrieben oder einen Klecks gemacht hatte.

»Wie läuft es denn mit der Musikschule?«, fragte ich, um das Gespräch auf etwas anderes zu bringen.

»Gut, danke der Nachfrage.« Sie bestellte sich noch einen grünen Smoothie. »Die ersten zwei Jahre waren schon echt schwierig. Aber inzwischen arbeite ich mit Gewinn. Und bin am Expandieren. Ich suche gerade neue Lehrer. Mein Ziel ist, bis Ende des Jahres alle Instrumente anbieten zu können.« Viel mehr hatte sie darüber dann auch nicht zu erzählen, war wohl alles nicht so spannend, der Musikschulbetrieb. So allmählich fiel mir auch nichts mehr ein, womit man die Unterhaltung mal etwas auf Touren bringen konnte.

Sie seufzte und legte die Fingerspitzen beider Hände zusammen, als ob sie alle ihr noch verbliebene Geduld sammeln müsste für das leidige Thema, das man ja doch irgendwann mal hinter sich bringen musste. »Und bei dir? Ich wage ja kaum zu fragen … Ist er immer noch da?«

Eigentlich hatte ich nach dieser Eröffnung schon gar keine Lust mehr, dazu überhaupt noch irgendetwas zu sagen. Aber mir fiel auch nichts ein, um sie abzuwürgen.

»Na ja … Er schon noch. Aber ich nicht mehr. Hatte ich ja geschrieben.«

»Das heißt, du flüchtest jetzt aus Porto, weil du meinst, ihn anders nicht loswerden zu können?« Sie schüttelte missbilligend den Kopf. »Das kann's doch nun auch nicht sein. Da muss es doch andere Mittel und Wege geben.«

»Das ist alles nicht so leicht, wie du denkst«, sagte ich trotzig. Wieder kam ich mir vor wie ein dummes, abgekanzeltes Schulmädchen. »Der lässt sich nicht mal eben so abschütteln. Da reicht es nicht zu sagen, ich mach Schluss, ciao, das war's.«

»Nicht?« Sie spitzte den Mund zum Schnabel, und ich wusste, dass sie jetzt anfangen würde, auf irgendwelchen piefigen Details herumzupicken. »Vielleicht wäre eine simple, aber effektive Erstmaßnahme, das Türschloss auswechseln zu lassen?«

»Danke für den schlauen Tipp. Aber so einfach geht das nun mal nicht.«

»Warum nicht?«

»Wie, warum nicht?«

»Erklär es mir, ich möchte es gern verstehen. Warum reicht ein neues Türschloss nicht aus, um jemanden, den man nicht mehr in seinem Leben haben will, daraus auszusperren?«

»Ich schaff es nicht. Okay?«

»Was heißt das, du schaffst es nicht?«

»Ich weiß nur, dass es so nicht geht. Das ist nicht die Lösung.«

»Willst du denn überhaupt eine Lösung?« Sie lehnte sich zurück und maß mich diesem abschätzenden Blick aus ihren stechend grünen, runden Vogelaugen, der mich immer innerlich so zusammenschrumpfen ließ. »Oder willst du nur weiter das bemitleidenswerte Opfer spielen?«

»Was ist denn das für eine beschissene Frage?« Der in Plastik eingeschweißte Keks, den ich die ganze Zeit schon zwischen den Fingern hin- und hergedreht hatte, zerbröselte, genau wie meine Fassung. »Ich muss nicht das Opfer spielen, ich bin das Opfer!«

»Bist du nicht.« Sie lächelte triumphierend. »All der Scheiß, den du an der Backe hast, ist einzig das Ergebnis von Entscheidungen, die du selbst getroffen hast. Du selbst hast diesen Parasiten in dein Leben geholt, doch, hast du, brauchst gar nicht so zu gucken, das ist das Gesetz der Anziehung. Man kriegt das, wonach man unbewusst auf der Suche ist. Das funktioniert wie Magnetismus.«

»Was soll denn dieser Quatsch, wonach man unbewusst auf der Suche ist!«, protestierte ich. »Sowas kann ja wohl jeder passieren, dass sie auf so einen trifft!«

»Auf so einen treffen, vielleicht. Aber so einem dann auch noch den roten Teppich auszurollen, damit er sich bei dir so richtig schön gemütlich einnisten kann, Luxussuite mit All-inclusive-Service sozusagen, das ist eine ganz andere Nummer. Aber wie auch immer: Du hast ihn eingeladen, du kannst ihn auch wieder rausschmeißen. Diese Option besteht. Und darum bist du auch kein Opfer. Die haben nämlich keine Optionen. Und eines steht fest, der wäre sofort weg, wenn du das wirklich wolltest.«

»Was heißt, wenn ich das wirklich wollte? Natürlich will ich das. Sag ich doch auch ständig.«

»Sagen tust du das, sicher. Ständig.« Sie verdrehte die Augen. »Aber dann findest du immer wieder Gründe, warum es doch nicht geht. Immer wieder dieselben, übrigens. Seit – wie lange geht das schon so – anderthalb, zwei Jahren?«

»Aber ich bin doch weg aus Porto! Drastischer geht's doch nun gar nicht mehr.«

»Dass du da weg bist, das seh ich noch lange nicht. Du findest schon noch einen Grund, um doch wieder zurückzugehen. Und wenn gar nichts anderes mehr hilft, kannst du dir immer noch einreden, dass er dich ja eigentlich doch ganz doll liebt.«

»Und das ist ja wohl ausgeschlossen, dass mich einer wirklich liebt, was?« Mir war vor Entsetzen ganz schwindelig. Das war so unfassbar gemein.

»Jetzt leg mir mal bitte nichts in den Mund, was du über dich selbst glaubst. Das habe ich nicht gesagt.« Jetzt war sie in dieser sturen »Ich-weiß-dass-ich-Recht-habe«-Stimmung und hackte kampflustig weiter drauflos. »Und es kommt auch überhaupt nicht darauf an, was ich sage. Oder irgendjemand anders. Sondern, wie es sich für dich anfühlt. Und, fühlst du dich geliebt von ihm? Wenn du mal ganz ehrlich zu dir selbst bist?«

Ihr Handy klingelte. Ich achtete nicht darauf; diese letzte Granate hatte mich endgültig umgehauen. In meinem Kopf waberte alles durcheinander von dem Schock.

»Entschuldige bitte, das war meine Mutter, ich muss weg. Alexander geht es nicht gut.« Sie stand auf, griff sich ihren Mantel und schob ihren Stuhl ordentlich unter den Tisch. »Ich wünsche dir nur das Beste, Ilsa. Wirklich. Aber dieses Herummarinieren in Selbstmitleid bringt dich nicht weiter.«

»Und was bringt mich deiner Meinung nach weiter?«, heulte ich. »Leute wie du, die einem auch noch einen Tritt geben, wenn man am Boden liegt? Anstatt mal Mitgefühl zu zeigen? Oder Hilfe anzubieten?«

»Weißt du«, sagte sie und zog ihren Mantel zurecht, als müsste sie ihre gesträubten Federn glätten, »mein Sohn hat Mukoviszidose.« Ihr Gesicht war wieder entkrampft und ihr Ton ganz gelassen und freundlich, als wäre überhaupt nichts gewesen. »Ich habe kein Mitgefühl für Leute übrig, die endlos über ihre hausgemachten Probleme labern wie kaputte Platten und eigentlich bloß bedauert werden wollen. Ich würde dir gerne helfen, ob du's glaubst oder nicht. Aber den ersten Schritt musst du schon selbst machen.« Und damit machte sie den Abflug.

Mir fiel erst später auf, dass sie mich nicht gefragt hatte, ob ich in ihrer Musikschule hätte unterrichten wollen. Wo sie doch Lehrer suchte. Nicht, dass ich da jetzt noch scharf drauf gewesen wäre. Aber fragen hätte sie schon können.

An diesem Abend hörte ich endlich mal die Nachrichten auf meiner Mailbox ab. Neun waren es. Alle von Filipe. Ein paar waren unverständlich, vielleicht war er auf einem miesen Trip, da stammelte er nur vor sich hin, dreimal war er am Flennen. In der letzten nuschelte er: »Ich vermisse dich, Baby. Komm zurück. Ich kann nicht ohne dich leben.«

Ich buchte noch am selben Abend den Rückflug nach Porto.

Meine Mutter setzte sich vor Schreck auf den Hintern, als ich ihr eröffnete, dass ich morgen zurückfliegen würde.

»Aber du warst ja noch nicht mal eine Woche da ...« schnüffelte sie. »Wir haben doch gar nichts voneinander gehabt.«

»Ach komm«, sagte ich. »Ich denke, wir haben uns für dieses Mal wieder alles gesagt.«

»Aber ich wäre so gerne noch mal mit dir Shoppen gegangen ... Wenigstens das ...«

»Kann ich mir nicht leisten, Mama.«

»Ich hätte dich doch eingeladen.«

»Oh, du kannst mir das Geld gerne so geben. Hätte ich mehr von. Weißt du, es läuft nicht so gut in Portugal. Mit ein paar Hundert Euro, die du hier für ein Paar Schuhe oder eine Handtasche ausgibst, kann ich da einen Monat überleben. Aber du hast keine Ahnung.«

»Kannst du denn nicht zurückkommen?«, fragte sie und drückte sich tatsächlich ein paar Tränchen raus. »Hier hättest du doch alles. Warum machst du es dir nur so schwer?«

Filipe wartete am Flughafen auf mich und hatte sogar ein paar zerknitterte Blumen dabei. Er sah ziemlich ramponiert und erleichtert aus und küsste mich so lang und dramatisch, dass die Leute sich nach uns umsahen.

Abends gab es eine Willkommensparty. Mit richtig gutem Zeug, das Filipe extra organisiert hatte. Zum ersten Mal seit einer Woche fror ich nicht mehr. Als hätte sich eine warme, kuschelige Decke über mich gebreitet, so fühlte es sich an.

»Übrigens«, sagte Ana. »Da ist noch etwas, das ich dir sagen wollte. Wir ziehen weg aus Porto.«

»Warum?«, fragte ich bestürzt. »Weit weg?«

»Nein, nicht weit«, sagte sie. »Eine knappe Stunde mit dem Auto. Pedro hat eine Stelle gefunden. Als Fahrer. Nicht besonders toll bezahlt, aber dafür sind die Lebenshaltungskosten ja auch nicht mehr so hoch. Wir kriegen eine neue Wohnung, die ist doppelt so groß und die Miete ist billiger als das, was wir jetzt zahlen.«

»Fantastisch«, machte ich. »Wann geht ihr weg?«

»In zwei Wochen, zum ersten August fängt Pedro an.«

Mein Magen zog sich in einer Regung von Panik zusammen.

»Was ist los?«, fragte sie. »Du siehst ja plötzlich ganz elend aus.«

»Ich freu mich für euch, versteh mich nicht falsch«, schluchzte ich. »Aber ich werd dich so vermissen. Ich hab doch hier nur dich, weißt du.«

»Aber du hast doch Filipe«, sagte sie betreten.

»Filipe!« Ich musste den Namen ausgespuckt haben wie etwas übel Schmeckendes. Ana riss erschrocken die Augen auf.

»Aber ich dachte, es läuft jetzt viel besser mit euch?«, fragte sie zaghaft. »Seit du aus Deutschland zurück bist.«

Eine Weile war es tatsächlich besser gelaufen. Er hatte sich Mühe gegeben, ein paarmal sogar Gelegenheitsjobs angenommen, stundenweise, und auch seine Eifersuchtsanfälle schien er besser im Griff zu haben. Aber dann, vor ein paar Wochen, hatte es angefangen. Es verschwand Geld, bar und von meinem Konto. Nicht besonders viel; erst so wenig, dass ich es gar nicht merkte. Das erste Mal fiel es mir auf, als ich ihn zum Einkaufen geschickt hatte. Zwei Fünfziger waren in meinem Portemonnaie gewesen, ich hatte sie kurz zuvor noch da rein gelegt. Als er zurückkam, waren sie beide weg, stattdessen war nur noch ein Zwanziger drin. Da sei nur ein Fünfzig-Euro-Schein gewesen, behauptete er steif und fest.

»Du meinst, er beklaut dich?«

Ich nickte. Seit der Sache mit den zwei Fünfzigern hatte ich genau aufgepasst. Ich bildete es mir nicht ein. Immer wieder fehlte etwas. Und dann kam er auch noch an, er habe sein Handy verloren, ob ich ihm Geld für ein neues geben könne. Und eine Umschulungsmaßnahme, die würde er ja auch gerne machen, aber dazu müsste ich ihm halt noch einmal etwas vorstrecken. Ein paar hundert Euro, das würde schon reichen.

»Das ist ja heftig«, murmelte sie. »Und nun?«

»Ich weiß nicht.« Ich wusste es wirklich nicht. Seit Tagen dachte ich an nichts anderes mehr. Ein paar Mal war ich schon kurz davor gewesen, ihn zur Rede zu stellen. Aber ich hatte mich nicht getraut. »Vielleicht hört es ja von selbst auf. Wenn nicht …«

»Was macht er mit dem Geld?«, fragte sie.

Ich zuckte die Schultern. »Ist mir auch ganz egal«, sagte ich.

Ana und ich umarmten uns lange, als ich ging.

»Wir sind ja nicht aus der Welt«, sagte sie eindringlich. »Ruf mich an, wenn was ist. Versprichst du's?«

»Ich versprech's«, sagte ich.

Es war an einem heißen Samstagabend Ende August, als ich merkte, dass mein Saxophon nicht mehr da war. Die meisten meiner Schüler waren in Urlaub, darum hatte ich es ein paar Tage lang nicht mehr benutzt. Mittwoch zuletzt. Und nun war es weg.

Ich suchte die ganze Wohnung panisch ab, zweimal, dreimal, schaute unter dem Bett nach, in Schränken, die, wie ich wusste, viel zu klein waren für den Saxophonkoffer, sogar unter der Spüle und im Wäschekorb. Aber ich wusste schon, dass ich es nicht finden würde. Wo sollte es auch sein. Ich hatte es nicht von seinem Platz bewegt. Filipe, dachte ich.

Am Donnerstagmorgen hatte ich aufs Amt gemusst. Eigentlich wäre er natürlich mitgegangen, ich durfte ja sonst auch keinen Schritt alleine tun, und geregelt kriegte ich ohne ihn auch nichts, wie er glaubte. Aber ihm ging es nicht gut, Kopfweh, Übelkeit, er war einfach nicht aus dem Bett gekommen. Und ich hatte den Termin nicht schon wieder verschieben wollen.

Zwei Stunden war ich weg gewesen. Lange genug.

Ich rief Filipe an. Er ging nicht ans Telefon.

»Du verstehst das nicht«, nölte er. »Und ich wusste auch, dass du es nicht verstehen würdest. Darum habe ich dich gar nicht erst gefragt.«

»Wo ist mein Saxophon?«, schrie ich ihn an. »Was hast du damit gemacht?«

Er saß da, sah weg, kratzte sich am Kopf. »Ich hab's ins Pfandhaus gebracht«, sagte er schließlich.

»Du hast sie wohl nicht mehr alle!«, kreischte ich. »Wie konntest du bloß!«

»Jetzt reg dich doch nicht so auf.« Er zündete sich eine Zigarette an und blies den Rauch an die Decke. »Du kriegst es ja wieder. Wenn ich erstmal Arbeit habe … Dann holen wir es uns zurück.«

»Klar«, sagte ich und fiel auf den Küchenstuhl ihm gegenüber. »Wenn du erstmal Arbeit hast. Du mieser Scheißkerl. Warum hast du das gemacht? Warum?«

»Mein Vater ist gestorben. Am Montag. Ich brauchte Geld für Medikamente. Und für die Beerdigung.«

Ich hatte seinen Vater kaum gekannt. Er war ein alter, schwerkranker Mann gewesen, bei dem man sich gewundert hatte, dass er überhaupt noch so lange durchgehalten hatte. Es war mir egal, dass er tot war. Aber wenn Filipe mich gefragt hätte, hätte ich zumindest versucht, ihm zu helfen.

»Wirklich?« Er lächelte schief. »Wie denn?«

»Keine Ahnung«, sagte ich heulend. »Ich hab doch auch kein Geld ... Das Konto ist total in den Miesen. Weiß nicht. Irgendwas wäre mir vielleicht eingefallen. Aber nein, du machst ja lieber dein Ding und verscherbelst mein Eigentum.«

»Nicht verscherbeln«, unterbrach er mich. »Nur verpfändet.«

»Ach hör doch auf.« Ich winkte ab. »Wie viel hast du dafür gekriegt?«

»Genug, um ihn unter die Erde zu bringen.«

»Verdammt noch mal, du hast echt Nerven.« Ich fing an, unkontrolliert zu zittern. »Und wie soll das jetzt weitergehen? Wir leben davon, falls du das vergessen haben solltest.«

»Du hast doch noch das andere Saxophon.«

»Das ist aber ein Altsaxophon, mein altes Schülerinstrument, damit kann ich nicht alles machen. Ich brauche mein Tenorsax. Das Profiteil. Mit dem anderen Ding brauche ich für Gigs gar nicht anzutreten.«

»Wenn es so wichtig ist, musst du eben deine Mutter anhauen. Oder deinem Vater was aus den Rippen leiern, als Vorschuss auf dein Erbe. Steht dir doch zu, oder?« Er zuckte die Achseln. »Wird schon werden, nun bleib mal locker.«

Ich weiß nicht mehr, wie das Küchenmesser in meine Hand gekommen war. Um mich herum war roter, schlieriger Nebel. Durch den mein eigenes Geschrei hallte, verzerrt und geisterhaft hohl, wie von ganz weit weg.

»Ana? Ich bin's. Ilsa.«

»Ilsa!« Ana schien froh, mich zu hören. »Was ist los, wie geht's dir?«

Tja, wie ging es mir.

Ich hatte versucht, Filipe abzustechen, das behauptete er zumindest, aber wenn das wirklich stimmte, hatte ich mich dabei verboten dämlich angestellt. Er hatte nämlich keinen Kratzer abbekommen, der arme, drangsalierte Mann. Angeblich hatte ich ihn wie eine Furie durch die ganze Wohnung gejagt und mit dem Küchenmesser hinter ihm hergefuchtelt. Er hatte sich mit Ach und Krach und nur durch einen halsbrecherischen Sprung vom Balkon retten können, das war seine Version der Story.

Ich selbst erinnerte mich an nichts. Hatte wohl so eine Art Blackout, das ein paar Tage anhielt. Schlafen, das war alles, was ich wollte und konnte.

Zu Ana sagte ich nur, dass alles beim Alten sei, unverändert, und ich weg wolle. Nein, weg müsse. Dringend. Egal wohin. Und ob sie mir helfen könne.

Einen Augenblick war Schweigen am anderen Ende. Dann sagte sie, dass in ihrem Block noch einige Wohnungen frei seien.

»Wir kriegen das hin«, sagte sie. »Halt noch ein paar Tage durch. Ich melde mich wieder.«

Anfang Oktober klingelten die beiden Bullen bei mir an der Tür.

Erst dachte ich, woher wissen die, wo ich wohne; das kann und soll doch keiner wissen. Aber die Bullen wissen es, natürlich. Die können so was ja rausfinden.

Sie grüßten höflich und hielten mir ihre Ausweise vor die Nase. Der Ältere war klein, fett, schnurrbärtig und hatte vorstehende Knopfaugen. Der andere war noch ein richtiges Bürschchen, lang, hager, mit einer großen, neugierigen Nase, die er ganz ungeniert in mein Gesicht bohrte.

Mir wurde ganz kalt vor Schreck. Ich überlegte, ob ich zu viel Zeug in der Wohnung hatte. Falls sie eine Haussuchung machen wollten oder so. Aber es ging gar nicht darum. Es ging um Filipe.

Der kleine Fette erzählte, dass Filipe einen Unfall gehabt hatte. Er war von einem Auto angefahren worden. Vorgestern. Es war ein schwerer Unfall gewesen. Filipe lag im künstlichen Koma.

»Wir haben natürlich seine Geschwister informiert«, sagte das großnasige Bürschchen. »Aber wir haben bei ihm diesen Zettel gefunden, auf dem steht, dass Sie im Notfall zu benachrichtigen sind. Und Ihr Name und Ihre Telefonnummer.«

»Wir haben versucht, Sie telefonisch zu erreichen«, ergänzte der kleine Fette. »Aber die Nummer auf dem Zettel existiert nicht mehr.«

Beide sahen mich an, als erwarteten sie eine Erklärung. Ich stotterte etwas von, ja, die Karte sei kaputtgegangen und ich hätte eine neue Nummer und wohl vergessen, sie an Filipe weiterzugeben.

»Seit wann wohnen Sie denn schon hier?«, fragte die große Nase.

»Erst seit ein paar Tagen«, sagte ich. »Es stehen ja noch überall Kartons, wie Sie sehen. Ich hatte noch keine Zeit, auszupacken ...«

Die beiden Bullen nickten.

»So nahe stehen Sie sich also nicht?«, fragte der Fette wieder.

»Auf dem Zettel stand, dass Sie seine Verlobte sind.«

Irgendwie hatte ich ja geahnt, dass noch irgendwas hatte kommen müssen. Die ganze Sache war einfach zu glatt gegangen.

Ana hatte mich ein paar Tage nach unserem Telefonat zurückgerufen. Sie hatte tatsächlich eine Wohnung für mich klarmachen können. Zum ersten Oktober konnte ich einziehen.

Ende September hatte ich Filipe ein Schlafmittel eingeflößt und mich bei Nacht und Nebel aus der Wohnung rausgeschlichen. Anas Mann hatte vor dem Haus im Auto auf mich gewartet. Der Mietvertrag war gekündigt, meine Sachen würde Ana in den nächsten Tagen ausräumen und dann den Schlüssel an den Vermieter übergeben.

Diesmal hatte ich keinen Zettel hinterlassen.

»Nein«, sagte ich. »Früher schon. Aber jetzt nicht mehr so.« Ich zögerte kurz. »Wie – wie geht es ihm denn? Ist er in Lebensgefahr?«

»Dazu können wir nichts weiter sagen«, sagte der Fette. »Wir haben Ihnen Bescheid gegeben, alles Weitere können Sie selbst in Erfahrung bringen.« Er gab Großnase ein Zeichen. »Das war es dann auch schon. Einen schönen Tag noch.«

Nachdem die beiden Bullen abgedampft waren, saß ich eine Viertelstunde lang auf dem Balkon, trank eine Tasse Kaffee und rauchte zwei Zigaretten dazu. Und dann riss ich den Zettel, auf dem Adresse und Telefonnummer des Krankenhauses standen, in kleine Fetzchen und ließ sie mit dem Wind davonwehen. Einzeln. Eines nach dem anderen.

Das einzige, was ich in der Nacht, als ich verschwunden war, mitgenommen hatte, waren die Telefonnummern von den Leuten, bei denen Filipe immer den Stoff gekauft hatte. Und den Pfandschein für mein Saxophon. Das war alles, was ich von ihm noch gebraucht hatte.

Ich schuldete ihm nichts mehr.

Gar nichts.

Danksagung

An: Jan Huurdeman, Constanze Steinfeldt, Dr. Marina Vollstedt und meine Mutter. Ihr habt mich fotografiert, inspiriert, motiviert und (wo nötig) korrigiert. Vielen lieben Dank dafür!